U0928984

[法]阿兰·罗伯-格里耶 著

作家生命之序言

余中先　余　宁　译

湖南文艺出版社

图书在版编目（CIP）数据

作家生命之序言 /（法）阿兰·罗伯-格里耶著；余中先，余宁译. —长沙：湖南文艺出版社，2024.5

ISBN 978-7-5726-1275-6

Ⅰ. ①作… Ⅱ. ①阿… ②余… ③余… Ⅲ. ①世界文学-文学评论-文集 Ⅳ. ①I106-53

中国国家版本馆 CIP 数据核字(2023)第 219705 号

著作权合同图字：18-2023-207

作家生命之序言

ZUOJIA SHENGMING ZHI XUYAN

著　　者：[法]阿兰·罗伯-格里耶
译　　者：余中先　余　宁
出 版 人：陈新文
责任编辑：唐　明　张　璐
特约编辑：陈美洁
装帧设计：CANTONBON
出版发行：湖南文艺出版社
印　　刷：长沙超峰印刷有限公司
经　　销：新华书店
开　　本：787 mm×1092 mm　1/32
印　　张：6.75
字　　数：120 千字
版　　次：2024 年 5 月第 1 版
印　　次：2024 年 5 月第 1 次印刷
书　　号：ISBN 978-7-5726-1275-6
定　　价：42.00 元
（如有印装质量问题，请与本社出版科 0731-85983015 联系调换）

作家生命之序言

ALAIN ROBBE-GRILLET

PRÉFACE À UNE VIE D'ÉCRIVAIN

根据瑟耶出版社 2005 年法文版翻译
并获中文版出版授权

Cet ouvrage a bénéficié du soutien des Programmes
d'aide à la publication de l'Institut français.
本书获得法国对外文教局版税资助计划的支持。

出版说明

2003 年春，在洛尔·阿德勒的提议下，阿兰·罗伯-格里耶受邀为法兰西文化电台做一个长期的广播系列节目，计划夏季播出。总的原则很简单：他将谈论他与文学、与写作、与阅读的关系，并且，如他所理解的，他可以完全自由地放开来谈。

这不是一种对谈。只不过需要一种对话感，得有一个人在场，一道目光，一种倾听，好让阿兰·罗伯-格里耶有谈话的对象。不妨这样说吧，要有听众在场的一个替代物。于是，我就充当了这一卑微的角色。

录音在广播大厦中制作，固定时段，在近中午时分和下午刚开始之间，因为每一场节目都得分为三到四节。

读者在此读到的，正是这个系列，只是由出版者做了很细微的改动，后又经过作者本人的修改，但很注意尊重原始材料的口语特点：阿兰·罗伯-格里耶的嗓音，带着他的坚信、他的幽默、他的嘲讽，他断然的选择让人想要一读再读他提到的文本。此后，本书变成了一个 CD MP3 的附加版本，或者也可以说是一本备查手册，而该 CD MP3 则作为礼品随书赠送，读者可以在里头找到十二个小时的节目录音。

该系列的开篇是对规则的一次违背：一场对话，本来是在最后录制的，用来给这一场文学旅行奠定基调。这场旅行既有阿兰·罗伯-格里耶的文学，也有其他人，他的榜样或者朋友的文学，最后还有在电影中的一次远足，作为《去年在马里昂巴德》的编剧和《快感的逐渐滑动》[1] 等片子的导演谈谈电影，他的另一个创作范畴。另外，后一部电影的片名很适合用来做本书的题目，因为本书可以被理解为一种对文本之愉悦的致敬。

贝尔纳·科蒙

---

① 原文为“Glissements progressifs du plaisir”，可直译为“快感的逐渐滑动”。阿兰·罗伯-格里耶在下文中明确解释了这三个词的意思。这部作品的中文版译为《欲念浮动》。——译者注

目　录

1. 对谈形式的序曲

贝尔纳·科蒙：阿兰·罗伯-格里耶，有很多理由促使我们请您做一套关于文学的节目，分二十五次广播。首先因为，您是法国二十世纪下半叶和二十一世纪初期的一位大作家，您是文学界和出版界的一个伟大人物。人们有时把您称为“新小说的教皇”，您也确实参与了一个伟大的团体，参与了在大约半个世纪的文学史中非同凡响的一次伟大的文学历险……

阿兰·罗伯-格里耶：不仅仅是参与，还是组织！

我们知道，您还是一个伟大的读者，您在阅读中总是关注文学思想。那么请问，您对文学思想的关注是怎么来的？因为说到底，您本来是学自然科学出身的。

这一类问题很难回答，因为我们总是不太知道事物究竟来自哪里。不过，当我对某种东西感兴趣时，我总是同时会对这东西的理论多多少少感兴趣。假如我对植物感兴趣，我会立即对植物学感兴趣。假如我对文学感兴趣，我就会被带动着对文学史感兴趣，并由此对划分文学史的不同的理论感兴趣：那些理论，我绝不会把它们视作真理，而是视作构成为某种文学建构的假设。就这样，渐渐地，我身上就产生了对理论元素的这种关注。

我离开了一个我很喜爱的职业，植物学家。当时我正在对香蕉疾病进行研究，突然间，我离开了那一切，去写书了。写一些我实际上并不知道是什么样的书，但是我已经读过一些东西，它们不是在引导我，而是在激励我写作。文学中存在着一种理论，即作家写的是某种东西的后代，就是说，他们是在另一些小说家之后发明了一个虚构世界，而那些小说家已经在他们之前发明了世界。对我来说，那些小说家就是卡夫卡、福楼拜、福克纳、博尔赫斯，我尽可以这样列举相当数量的精神之父，他们很显然激励了我来写作，就是说，激励我离开了原先的职业。

于是，我断然离开了一切，恰如博尔赫斯所说的，为了“这一命运未卜的文学尝试”，而这似乎得不到出版商们的青睐，因为我最初的那些书都遭到了拒绝，他们说不符合人们的期待。当午夜出版社终于出版了《橡皮》以及《窥视者》，并且接纳我成为审读委员会成员，甚至实际上成了热罗姆·兰东的文学顾问时，就是说，1955 年起，很早，我立即就想到，要在我身边聚集起一批经受过同样指责的作家：大致说来，他们被指责为不像巴尔扎克那样写作，而这样的指责对一个科学家来说，显然十分怪异，因为他知道，科学就是不断地创造。对于我，人类就是要发明，而小说家就是为此而生的，他要发明某种意义上的生存，要附加地发明世界。

我最初的那些书在午夜出版社出版时，受到了一波又一波的指责。并不是马上。我先是收获了权威批评界相当具有谴责意味的一阵沉默，但是对赢得了某种成功的《窥视者》，我受到的是一阵如潮般凶猛的指责。正是这些指责，激励了我让我自己理论化，并不是为我想要写的作品，而是为一种达成我正在写的那些东西的文学史，我要指出，它根本就不是来自外太空，不是无本之木，无源之水，而是正相反，有着整整的一段文学的往昔，至少，这一段往昔是我所感兴趣的，它很正常地引向了被人认为是无法理解的迷途。当那些权威批评家中的某一个很偶然地夸奖了我作品中的某一点，觉得我的作品还是有可取之处时，那往往是我不喜欢的地方，是我认为的某一处败笔。滑稽的是，当我随后着手拍摄电影时，情况依然如此！在《不朽的女人》中，批评界认为是好的那一切，恰恰是我所认定的失败之处！假如你们愿意，我会说那是一种鼓励，因为批评家们有过去，人们知道他们喜欢的是什么，由此，人们完全可能因得到赞扬而感到别扭。但是，在这方面，不，我并不感到别扭，正相反，批评家赞扬了我某一部电影或某一本小说的某一个或另一个段落，某一个或另一个片段，向我证明了我在这一点上还很薄弱，兴许甚至还很无能。

您从科学活动转向写作活动时，是不是突然之间读得更多了，或者读得完全不同了，或者，您已经建立了您的参照基座？

基座兴许已经建立，但是我在继续发现这一文学，既然总的来说，我对这些作家的作品还没有全读，而且除此之外还有其他不少作家，我便不断地探寻新作家。另外，从1955年起，我还带着一种很大的兴致，为午夜出版社阅读了一些作品的手稿。当然了，读得很快，假如那些书稿是一种完全老套的形式，什么都不能为我带来，那么，故事就会从我的手中落下，但是假如正相反，书中有一点点在我看来带刺激性的东西，我就会带着一种很大的热情读完整部手稿。就这样，我的阅读活动有了双重性，一方面继续读着印出来的书，另一方面也读手稿。在市场之外，关于正在生成的文学，我还读了在别的地方出的书，因为我很早就设立了一个文学奖，美第奇奖，它变成了年底在法国颁发的文学大奖之一。因此，我不但在继续阅读，而且这一阅读活动扩大到了原先的三倍！

带着这样一种对文学作品的全面观，您今天是不是看到了一些倾向正在形成，或者，正相反，我们今天有着一种倾向上的缺失，文学缺失了更新世界观的能力？

您知道，很难日复一日地确定这一点。兴许，现在正在生成一种全新的文学，我都还来不及预感呢……

比方说吧，您对文学团体的缺失是否感到遗憾？

我遗憾的是，作家们都坚持各自为政。我理解，他们喜欢孤独，每个人都认为自己是这个世界上唯一的作家。不过，我很难理解，他们不仅拒绝属于一个团体，而且还有些作家根本就不阅读，除了他们自己的作品外，对文学根本就不感兴趣。某些年轻作家前来午夜出版社拜访我，当我问他们会不会读一点书时，他们对我说："哦，不，我根本就不读，因为我怕它会破坏我的个人灵感。为了留住自我，我不读其他人的书。"我觉得这是一个严重的错误。我认为，文学，无论它有多么孤独，也无论创作文学的作家有多么孤独，总的来说，还是"入世的"，恰如萨特所说的那样，就是说，它来到了一个既定时刻，在一个既定的国家，一个既定的精神风貌中，而意识到这一点并不会让人更糟糕，假如我们意识到了，我们想写的实际上是逆潮流而动，或者相反，正好处在预制的畅销书的方向上，那也不会更糟糕的。作家与文学的关系是极其多样化的，很难一一明确它们。我想，我所感兴趣的作家是一些阅读者：卡夫卡是阅读者，福克纳、福楼拜都是阅读者……

属于一个先锋小组的概念或想法对于您是不是一种动力，您是不是认为，先锋文学的原则本身兴许已经稍稍枯竭或者已经消失？

我以前不使用“先锋”这个词，我还将继续不使用它，因为它看起来太像是在假设有一些前进纵队中领头的人，队伍在渐渐地扩大，而大部队就紧跟在后头。根本不是的。甚至几乎可以说，每一段作家生涯都是某种死胡同。布朗肖这样说的：每个作家都在走向他自己特有的沉默。而确实，人们看不太清楚，在《芬尼根守灵夜》之后，乔伊斯会写出什么，而这部作品，对于我们，您和我，实在是艰涩难读啊，尤其是它的法语译本！乔伊斯非常迅速地走过了一段路，从《都柏林人》到《芬尼根守灵夜》，其中还有对我来说的巅峰之作《尤利西斯》，而这段简短的路已经走到它的死胡同，就是说，它并不是任何什么的先锋。这既是对一种文学新世界因而也是感性新世界的尝试，而同时，又是这一尝试的完成和解体。

我们聊了您在文学奖评委会和出版社里的活动，但是您还有另一种重要的活动，它兴许将为这整整一套节目提供养料，也就是您作为教授的活动，您想要传授您的文学观和您自己的人生观。

我曾在美国教授了二十五年文学，尤其是在纽约大学，不过，那是一些“毕业后的”课程，也就是说，来听课的都是已经获得毕业文凭的大学生，因此他们很熟悉文学，甚至还有人已经是年轻教师了。课堂上往往有十几个人，形成一个小圈子，就像是朋友之间围着咖啡桌闲聊。大家彼此交谈，一些人则谈论自己，完全是聊天式的课。对我来说，比起关于文学发展的专断的简短叙述来，这样要舒服多了，而那样的专断叙述，我从1955年起，就在《快报》和《观察家》上发表过，那是一些很有斗争性的文章，充满了确定性和恐怖主义，完全可以这么说……

尤其是我认为阅读是复数的。一本书没有一种好读法，每个人都有他自己的阅读。即便围绕着某些概念可以构成一些派别。只不过，很多文学爱好者阅读时如同在消遣，他们希望读物是完全可以消化的，并能被立即吸收。他们并没有意识到，阅读是一种工作，而文学书中总是有着某种稍稍令人气馁的东西，它会与你保持距离，它并不张开双臂欢迎你。要想进入其中，那就真的需要小心翼翼，反复回到已经读过的东西上来，多多思索。这是一种工作。

我通过这些广播节目将要着手做的“文学历史”，是一种历险，但这是一种个人的历险。我无法做别的，就是说，文本的真理是没有的。每个读者都在创造一本新的《包法利夫人》，但是同样，《包法利夫人》没有任何真理的特点，而只有一种创造的特点。“真理”是一个我需要避免滥用的词，因为这是一种尤其用来压迫人的概念。当一个教会或一个极权主义的政党对你说话时，它总是在以真理的名义说话，而恰恰是这一点让人受不了。假如一件事情是真的，它就会永远地保存下去而丝毫不动。这是黑格尔给真理下的定义。然而，这并不有趣，我看到的情况并不是这样的：在我的周围，一切都在动，我也在动，世界在动，一切都在变，怎么可能从此就会有一种文学，它可以既在任何一刻是真的，又永恒地是真的？这是完全不可能的。真理的概念，我再说一遍，只是用来压迫人的。而“自由”一词，我认为，则跟“真理”这个词正好相对，就是说，真理是你们的自由的敌人。只有当你自己负载一种可能的真理时，只有当你成了它的创造者随即又成为它的解体者时，你才可能是自由的。因此，真理的任何概念都将被驱逐，一些不那么开窍的学生有时理解不了这一点。在美国，大学生要付很多钱来学文学，他来上课，而教授却对他说，文学的真理是不存在的。这时候他就会问自己，他在那里到底要做什么，假如没有真理的话，那他为什么还要付那么高昂的费用来听文学课。那样的话，人们胡说八道一通就可以了！哦，不，人们是不能随便地胡说八道的。让学生认为有多种多样的真理，反而更糟糕，与其那样，还不如干脆说，根本就没有真理。有一些小小的真理，一些小写的字母 v，它们都很脆弱，很不稳定，很快就瓦解。不存在大写字母 V 的真理，Veritas！

您把自由与真理相对立。听您的话，我们似乎觉得，矛盾对于您是很宝贵的，而兴许，维持矛盾没有被解决的原状，是这一自由的一大动力？

确实……矛盾首先是，如黑格尔所说，生命的动力。世界只因矛盾而有生命。此外，这一矛盾的某些面将会相当刺激，尤其是这样一个想法，即世界根本就没有造成，它需要造成，我可以在最极端的情景中历险，而且我有权利，甚至兴许还有义务，前进得尽可能远。这就是我称之为真正的文学的一大特点：走向极端。

文学是极端的。福楼拜的《包法利夫人》一开头对夏尔·包法利的帽子的描写，就完全是个极端的例子，它大大地超出了适当描写的标准。更为新近的，刚刚在瑟耶出版社以真名实姓重版的胡安·何塞·萨艾尔的书《伤疤》，就非常走极端，这部书在阿根廷出版已经很多年了。四个人物大致讲述着同一个故事，故事涉及一桩罪行，但每个人都按照自己的疯狂方式来讲述。极端得让人们几乎无法接受。文学几乎总是让人无法接受的，然而，从生命力的观点来看，它要远比一种总是有分寸的真理更为刺激。在我写作的一开始，除了不矛盾之外，还有一件事是神圣的，便是分寸；必须要有分寸。而我想，创建新小说的伟大作家们真的是做得过分。这种过分时时刻刻都在创造另一个世界，而不是我们被认为生活在其中的这一个，而那另一个世界，属于魔幻范畴的某种伟大的神话世界。

我喜欢引用玛格丽特·杜拉斯作品中的那些魔幻成分，因为她是一个持续生活在谎言、矛盾和伟大想象力中的作家。她早期的一部小说，写于她相对还算有分寸的时期，书名叫《抵挡太平洋的堤坝》。这是一个海边种植园的故事，玛格丽特的母亲竭尽全力，想抵抗太平洋的浪潮的进犯，把种植园维护在良好状态中。大家现在知道了这个种植园在哪里，因为一些美国的研究者去了当地，它根本就不在太平洋边上，根本不是！太平洋还在遥远的地方，那是南中国海，甚至就是暹罗湾，就是说，是中国海的很小一部分。她把它叫作太平洋，然而大洋却是在菲律宾之外好几千公里的地方！但是，太平洋，这就是一个词……种植园就在咸海水的边上，海潮不时地涨上来，必须跟它作斗争：一道抵挡太平洋的堤坝……然而种植园是不可能被淹没的，纯粹是捏造的：而与广袤无比的汪洋作斗争的母亲这个人物，身上确实有某种伟大的地方……

人们常常嘲笑玛格丽特，因为她对形容词的运用，例如“superbe”这个词，她就十分爱用，但在她的写作中，确实始终有着很高大的某种东西，以过分的方式迅速增生，使得一切都变成了一种神话。比如加尔各答城，那是她虚构的，因为她从来都没有去过加尔各答……其余的一切也都一样，《情人》中的中国人就从来没有真实存在过，并不比那位母亲形象更真实地存在，在《情人》中也有母亲，大家后来发现始终是这位母亲，根本就不像大家通过玛格丽特·杜拉斯当时的信件，甚至通过她的日记而多多少少熟悉一点点的那位真正的母亲。真正的作家也许会亲身经历过一个多少算是很平庸的世界，但他必然是以伟大的方式持续地经历着它。玛格丽特·杜拉斯让她的世界变得辉煌，她把她所接触过的几乎所有东西都提升到一个神话的高度。这兴许就是真正的作家所做的事。这不是真理，你知道，这是超级真理。

在这些节目里，我们会回顾一定数量的作家，也会回顾您自己的作品。那么，我们该如何来理解您自己说过的这样一句话，它也是一篇收入《旅行者》的文章的题目："我从来只谈自己，不及其他"？

是的……请注意，这是跟新小说其他作家的一个共同点，因为那些曾被认为是非常抽象的作家，实际上都是以他们亲身的体验来滋养自己的文学作品的。无论是克洛德·西蒙、娜塔莉·萨洛特、玛格丽特·杜拉斯、罗贝尔·潘热，还是我，在那些书中人们始终能够找到我们的亲身体验，只不过它们以各自的方式变了模样，完全不是以某种共同的方式。克洛德·西蒙所创造的世界是一个持续不断地震荡着的世界，而那些伟大的动荡正在不断地搞乱一切，在摧毁的同时，又在重新创建。

这一亲身体验一开始不怎么被批评界注意。人们总是说，我想写一种客观的文学，对此我马上就提出抗议，我说那是很主观的，完全彻底的主观。首先，那是我自己的亲身体验，《嫉妒》中的房屋，我就住在其中，那些人物也都曾存在过，我是三人中的一个（而且没有缺席过），而对我的朋友们，情况也是一样。我们都亲身经历了那一切，重要的是，毕竟还得强调一下，我们有着不同的亲身经历方式：要么忍受世界的现状，认为它是一劳永逸地被上帝或是社会中的其他人而不是我自己创建出来的；要么以另一种方式经历生活，每时每刻都在拒绝承认万物在我之前就已经造成。这兴许就是新小说作家们的共同点之一，某种形式的过分和自我的极度膨胀。此外，还常常得到一种理论精神的滋养，而弗洛伊德本人则强调说，理论化标志着从神经官能症向精神病的过渡。在对施瑞伯大法官病情的分析中，弗洛伊德明确指出，此人是疯子（施瑞伯被囚禁起来了，如你们所知道的那样），但他说："总之，我也一样。"结束分析时，他说，他也是这样的，他在施瑞伯身上观察到了精神病的所有特征，就是说，创造了一个世界，与众人认为现实的世界相平行，但那是人们自己创造出来的，然后，则是这一世界的理论化。因此，这就是，强行将某种东西作为真正的世界，而它实际上只是我想象中的一个建构。

“阿兰·罗伯-格里耶，教授欲望”：这一说法您满意吗？

欲望，是的，假如您愿意的话，但我宁愿说，快感。我拍过一部电影叫《快感的逐渐滑动》，而“滑动”一词如同对弗洛伊德的一个呼应，他使用的是“转移”一词。至于“快感”，我使用它几乎恰恰只为对抗一下“欲望”，因为欲望是无法满足的。快感不断地重新完整欲望，也应该不断地重新完整快感，因为，说到底，快感随着自身被欲望所建构，同时也在瓦解。

2. 不确定之原则

我对文学史很感兴趣。这在很多作家看来是怪异的。我有一些作家朋友，甚至有时还是一些很好的作家，对文学史根本就不感兴趣。然而，从我一开始写作起，我就对它感兴趣。我说的是从我一开始写作起，因为实际上我是相当晚才开始写作的。我做过科学研究，之前接受的则是当时所谓的“人文教育”，就是说，所有多少有些天资的学生都要学习拉丁语和希腊语。很显然，我阅读得更多的是柏拉图和西塞罗，而不是法语文学，然后，我学了数学和生物学。我常常在问自己，别人也问过我：为什么我会开始写作？这是很怪异的。有些作家之所以写作，是因为有一种群体的压力，例如在文学教师中，人们会觉得开始写作很正常，而这并非必然就是一件好事。因此，这对我倒是相当怪异，因为几乎到三十岁时，我还彻底沉浸在农学研究的工作中，我已经在走向某种中产阶级的安逸生活，而我却是出身于一个贫困家庭，此外，这还是一个让我喜欢的职业。而突然间，我离开了这一切，带着一种坚定的信念开始写作，来写一些没有人愿意写而我却乐此不疲的书。想到此，我就要问我自己，我为什么要写作，而若以一种更为普遍的方式来问，则是，人们为什么要写作？怎么会有人当小说作者呢？人们又怎么会来写小说呢？我发现了两个完全不同的缘由，在促使人们写小说。

我要对比一下两部小说的第一个句子。你们知道，小说的

第一句话是极其重要的。人们几乎可以通过仅仅研究小说的第一句话，来写出整整的一部文学史来，因为一部小说的第一句话奠定了作家与世界的关系，还有他的书与读者的关系。这里头，已经有了某种公开宣布的契约，一种针对读者的广而告之的写作与阅读的契约。从第一句话开始，读者就知道应该怎样来读这部书，或者，假如他相当机灵的话，至少，他觉得自己应该知道了。下面我要对比两本书中的第一句话：一本是巴尔扎克的小说，还有一本则是一百年之后写的小说。

巴尔扎克的，是《路易·朗贝尔》（我尽可以引用别的作品，但这一部碰巧来到我的脑子里）中的第一句话。这部小说应该写于1827年。我真的不是一个文学史专家，但这并不太重要，句子大概是这样的："路易·朗贝尔于1797年生于旺多姆地方的小城蒙图瓦。他父亲在城里开办一家规模不大的制革厂。"① 当我读到这句话时，我对自己说：这真是一个知道自己在说什么的人。人们不能说这不是真的；这是真理在说话。

安德烈·纪德讲过一个故事。他前去拜访一个年轻女子，她跟她的小女儿在一起。那还是一个很小很小的小女孩，母亲给她讲了一个童话。纪德在他的《日记》中转述了这番对话，母亲一开头就讲："从前有一位国王和一位王后……"而那个小女孩立即就打断了她："妈妈，是谁说的这句话？"纪德很为这个问题感到惊讶："妈妈，是谁说的这句话？"确实，这是人们每次读到一部小说的第一句话时都应该对自己提出的问题。

"路易·朗贝尔于1797年生于……""妈妈，是谁说的这句话？"因为这个看起来十分自然的句子，实际上有着这样一个特殊之点，即它如同一番真相的告白。这是无可辩驳的：路易·

① "路易·朗贝尔于1797年生于旺多姆地方的小城蒙图瓦。他父亲在城里开办一家规模不大的制革厂，并有意要他继承父业；但路易早早地就体现出好学的倾向，使当父亲的改变了初衷。"

朗贝尔诞生于世。此外，这是一个身份证：有姓有名，有诞生地点和日期，父母的职业……然而，假如我给你们讲述我的生平，我不喜欢这样说："我生于布雷斯特。"不！我出生在布雷斯特。我的祖母在甘冈过世，拿破仑身故于圣赫勒拿岛！……如此，在这一历史性过去时的运用中——在巴尔扎克的时代，它很少运用到日常生活中——已经有了某种东西在揭示，它指出，这是真理在说话。巴特说过，这一历史性过去时，"naquit"(生于)，是被判定为原因的时态，就是说，为了能够写下"路易·朗贝尔生于"，他就得不仅仅诞生于世，而且还得已经死去，整个故事就得完全彻底地发生过了，而某个不在故事中的人，处于这一切之上但又熟悉你的开端和你的终结的人，可以着手开讲这个故事。他身处之外，却又完全熟悉它：开始和结尾，事物的表象，意识的内部，他熟悉一切。"妈妈，是谁说的这句话?"是上帝。显然是上帝在说话，而在那个时代，让上帝开口说话，是再自然不过的事了。但是，假如我们来看一下巴尔扎克之前发生的事。下文我们还会提到巴尔扎克，人们就会察觉，实际上，这是一种特殊的讲述方式。有着各种各样其他的叙述可能性，但这里，是上帝在说话，是真理在说话。不但整个世界是能被彻底理解的，而且叙述者还彻底地理解了它，就是说，协调的世界和有能力的叙述者构成的整体，允许存在非常特殊的这样一类话语：真理的话语。

差不多一百年之后，阿尔贝·加缪写下了《局外人》，发表于德国占领法国的时期，1942 年，我想。《局外人》的第一句话十分有名，确实如此，因为它确实引人注目："今天，妈妈死了。或许是昨天，我不知道。我收到养老院的一封电报，说：'母亡。明日葬。节哀顺变。'这说明不了什么。可能是昨天死的。""妈妈，是谁说的这句话?"显然不是上帝说的！首先，这里有一系列的指示语（déictiques），即人们所谓的 deixis，而这个词我想是属于亚里士多德的，但它经常运用于文学批评中。

所谓的 deixis，是句子中指示话语来源的词语整体：谁在说话，谁说了这个。且不说别的，光是第一个词，“今天”，就已经是一个时间指示语了，因为，假如人们说了“今天”，这里就有某个人在。“今天，妈妈死了。”妈妈依然是一种指示语，因为只有一个人可以开口闭口就直说妈妈，这不可能是匿名的叙述者。而且连上帝都不会这样说……然后，“妈妈死了。［……］我收到养老院的一封电报”。显然，在这里，一切都变了。

阿尔贝·加缪常常被问到这些问题，包括被我问到，但他对自己的书写只有一种很微薄的批评意识，此外，他也很快就变了。但是这第一本书《局外人》，法语文学中极其重要、必须一读再读的一个文本，是一本怪异的甚至是神秘的书，就仿佛有某一种沉默压在世界上，而某个人则在与这一沉默搏斗。因为在故事中一开始就有某个人，某个不理解这个世界的人。在我刚刚引用的句子中，有这样的两个分句：“我不知道”和“这说明不了什么”，而巴尔扎克则是知道的，并且能“说明什么”，就是说，他的风格跟加缪的风格恰好截然相反，绝对对立。

由此，激励人们写小说的就会有两种相反的动力，简单说吧，某个人着手谈论世界是因为他不理解它，而另外的某个人则非常了解这世界，因为他很聪明，因为世界是完全可以理解的，他在那里说是为你们解释它。你们可以充分相信他，他的话语就是真理。是上帝在说，而你们随时随地都知道该把脚伸到文本中的什么地方，这里是坚固的实地，可以脚踏的：“1797年”“蒙图瓦”“旺多姆地方的小城”“开办一家制革厂”等等。兴许，不久之后，左拉就不会以天真的方式使用“开办”（exploiter）① 这个词了，因为他会提醒读者，人们在开办工厂的同时也在剥削工人，但在巴尔扎克那里，不是这样的，父亲开办着一家制革厂，之类的话带着一种平静的坚信，相信世界就是

① “exploiter”有“开办”的意思，也有“剥削”的意思。——译者注

如此。世界并不震动，它不动摇，它就是如此模样，这很坚固，人们可以随时随地放心地踩在上面。而在《局外人》的第一个句子中，情况则相反，人们简直不知道该何处下脚。“我不知道”“这说明不了什么”，还有对时间性的混淆也让人意想不到，根本不是明明白白的1797年：同一个句子中分别出现了“今天”“昨天”“明天”“昨天”，让人切切实实地感觉到，这位叙述者与世界的关系实在得不到保证，而且一切都在变动，一切都是靠不住的，一切都是运动的，连叙述者自己都不知道该到哪里落脚。

我认为，这两类作品长期以来一直存在，并且还将继续存在。时至今日，还有作家使用历史过去时来写畅销作品，这依然存在，而这就是人们依然可以平静地阅读它们的信号。而《局外人》的读者，如同二十世纪下半叶所有文学的读者，面对的世界会始终陷于尴尬的境地中。

我为什么要从事写作？兴许是因为我不理解这个世界。而巴尔扎克或狄更斯却很是理解，反正我不是，我不理解它。那时候，我在一个农业研究所里工作，先是去了几内亚，然后又去了安的列斯群岛，我关注患病的香蕉树，在它们身上我做了种种实验，但是，突然间，我对自己说：“可是，我究竟是谁呢？我在这里做什么呢？”我离开了那一切，开始写作。这就是博尔赫斯所谓的“命运未卜的文学尝试”，因为这确实是一种命运未卜的尝试……我坚信自己不了解这一世界，这种坚信让我不知道我究竟要去哪里。我前行在陌生的土地上，小心翼翼地迈着步子。

滑稽的是，就在巴尔扎克之风盛行的时代，出现了一位作家，我认为可以简称为新小说之父的福楼拜。然而，在那个时代，1940年到1950年，就是说当我开始写作之时，福楼拜被带着某种优越感的文学机构所轻视。如今他成了大作家，那时候不是，那时候他是某个像巴尔扎克的写作者，只是写得没那么好！他小说写得很少，三部，或者四部。而且，从根本上说，他甚至还是巴尔扎克的对立面。

《包法利夫人》真正是一部标志性的书，虽说书中有不少段落确实属于巴尔扎克式叙述，但福楼拜执意要在故事中嵌入一个插曲式的开头和一个仓促的收尾。这不免有些滑稽，因为《包法利夫人》的第一个句子的第一个词是“我们”。它是在第三遍或第四遍的手稿中才出现的。玛尔妲·罗贝尔很愚蠢地说到，这个“我们”是一个错误，因为人们不知道指的是谁……鉴于福楼拜写作的方式，这不会是一个错误。他不是快速写作的，他说，他所做的是一种不寻常的工作，一种苦役犯的工作。反复又反复再反复，重写同一些段落，修改它们，等等。

因此，这个很晚出现的“我们”意味着有某人在说话。“我们在自修室上课，校长进来了，身边伴随着一个没穿校服的新来生，还有个校工端着张大课桌。”① 我引用得兴许不太确切，请原谅我的一些小错误。人们可以想象，叙述者是个正端坐在教室深处的小男孩。“我们在自修室上课”，校长进来了，有一个新生。这里使用的词应该是“新来的”，而不是“新生”，这个词实际上很重要，因为这里头真的有一种新东西在。人们感觉到，坐在教室深处的小男孩正在打瞌睡，而某种东西启动了写作，某种绝对无法理解的东西：进来的那个小男孩头上戴的帽子。新来的还有一个重要的新事物。据说，对这顶帽子的描写，写在一张已经丢失的草稿上，在马克西姆·杜冈的建议下被撕掉了，占据了整整一页。但留下来的描述依然过度冗余。首先，帽子不怎么像是真的，他是分层描写的。但是帽子的第一次出场便产生了意义。第一段的结尾是这样的：“总之，活像

① “我们正在上自修课，校长进来了，后面跟着个没穿校服的新生，还有个校工端着张大课桌。”

一张表情让人莫名其妙的傻瓜的脸。”① 在这里，巴尔扎克就会停下来，因为一切都已说出，意义已在。然而正是在这里，真正的描述开始了，真正的福楼拜式的描述，作为新小说的第一个物件，出现在了文学中。福楼拜就这样多层面地描绘了那顶帽子，人们似乎感觉到，它在渐渐地变大，最终占据了教室的整个空间。恰如玛格利特那幅题为《摔跤者的墓地》的画中的玫瑰，图中的玫瑰占据了一个房间的整个空间。人们感觉到，这顶帽子逐渐地占据了教室的整个空间。正是这一点在小男孩的心中激发起如此惊诧，让他动手写起这个故事来，或者说是讲述起它来。从此之后，“我们”就在第七页消失了。出现了六七次后它就消失了，人们再也不知道是谁在讲话了。

然而，在小说的最后，某种东西将再次出现，那就是某人的在场。以“我们”写下的这一开头是以一个相当奇特的句子结束的，具体的句子我已记不得了，但它大致上是说，那个刚刚进来的孩子，那个将成为夏尔·包法利的人（这时候还是“夏包法利”，因为他把这名字念得如此滑稽，引来了教室中全体同学的哄堂大笑），无论如何都只是一个孩子，或者一个年轻人，如此无关紧要，以至于“今天我们中的任何人都不会记得有关他的一切”②。他突如其来地出现，他占据了教室的整个空间，然后他消失，人们什么都不记得。这里，开始了一篇表面看来很巴尔扎克式的文字：“这是一个孩子”，等等③。一个对事实真相似乎很热心且又很能胜任的叙述者接过了接力棒，并开始讲起了夏尔从儿童时代起的故事。

---

① “这是一种混合式帽子，兼有熊皮帽、骑兵盔、圆筒帽、水獭鸭舌帽和棉睡帽的成分，总之，这是一种不三不四的寒碜东西，它那不声不响的丑样子，活像一个傻瓜的表情深刻的脸。”

② “现在我们中的任何人都不可能记得有关他的一切。”

③ “这是一个性情温和的男孩子，游戏时间玩耍，自习时间用功，在教室里好好听讲，在寝室里好好睡觉，在饭厅里好好吃饭。”

福楼拜给马克西姆·杜冈读了他当时正在写的片段。读到这一段时杜冈对他说："听我说，居斯塔夫，我实在不理解你，你想写一个年轻姑娘的故事，她满脑子美好理想，后来结了婚，过着充满烦恼的生活，找了一个情人，最终自杀身亡。这非常有人性，但是从第二页起，你就向你的读者猛地塞过去对一顶帽子的描述，足有整整一大页，而这仅仅只是一个小孩子的帽子，他将在二十年后才成为一位女士的丈夫！你拐跑了你的读者。"句子很美妙！"你拐跑了你的读者。"确实，这是一个把人拐跑的句子，正是因为它拐跑了那位叙述者，他才猛然地意识到，世界并非整个地浸透了意义。这就是说，在世界上有些东西既不是令人宽慰的，也不是能够解释的。

很奇怪，随后，在看起来像是以巴尔扎克的方式写的故事进程中，在爱玛·包法利每一个重大焦虑的时刻，在她每一次失足的时候（"我的上帝，我的上帝，她想道，我为什么要结婚呢?"），就好像文本坍塌了下来，突然之间人们就到了现在。直陈式现在时突然出现，在用历史过去时叙述的过程中好像完全是不得当的。于是，在此不妨重提我在上文中说到的，在作品末尾，大篇幅地再次出现叙述者。夏尔死了，爱玛自杀了，小姑娘被托给了一个姨妈收养，他十分匆忙地简述这一切，把现在时和复合过去时混淆起来运用，也就是不确定的过去时。这一切以关于郝麦先生的那句话而宣告结束："他新近膺获了荣誉十字勋章。"这是小说的最后一个句子，典型的指示性老一套。有某人在。而在《路易·朗贝尔》中，从来就没有某个人在讲述。这里，任何时候总而言之都有某个人在，他正在做的，不是解释正在发生的事，而是解释在发生的事情中不可理解的东西，或者不如说，他根本就不解释，他只是指出来而已。而这是两种绝对对立且根本无法兼容的讲故事的方式，它们之间的区别是如此明显。

3. 需要不断重建的世界

在上一次节目中，我对比了两类作家，他们分别有自己的写作动机。一类作家理解这世界并向你们解释它，而另一类作家则在一个他们不理解的世界中前行。我坚持强调这样一个事实，在第二类作家的小说开头，经常存在着一个启动装置，一个怪异的、不可理解的事件，使得一个叙述者着手写作。

我是在占领时期读的《局外人》①，差不多是在同一时期，我读了雷蒙·格诺的《狗牙草》，这是一个很重要的作家，多少被学院派批评所忽视，因为他很滑稽，而在法国，逗乐公众可不太被看好。而我，我则很幸运，有机会在一开始就用我的书让公众非常厌烦。人们很晚之后才发觉，其实我还是具有某种幽默感的，但是，在一开始，我的写作被认为是很严峻的，而不是很滑稽的。

在《狗牙草》——我想这本书是1933年出版的——中，格诺很好地把握了写作的启动装置，使用了在世界上很难理解的一件物品。他是一个值得注意的随笔作家，爱好哲学。他编写过科耶夫关于黑格尔《精神现象学》的课程讲义。《狗牙草》一书中充满了黑格尔的那些定义，因为三十年代的开端同时也是科耶夫讲课的时期。在小说最开头，叙述者谈到了一个扁平的人物。他把他叫作“身影”，一个没有厚度的生命体，他从他的

① 重读时阿兰·罗伯-格里耶想起他应该是在占领末期开始第一次阅读。

办公室出来，在一家帽子店的橱窗里发现了一个荒诞透顶的物件。那是一顶帽子，为了显示它是防水的，它被翻过来展示，并且里面装满了水，而在它的表面，浮动着一只微小的赛璐珞鸭子。这不免令人想到玛格利特的著名绘画《黑格尔的假期》，在画中人们看到一把雨伞，雨伞顶上放了一杯水……

在格诺的文本中，人物（“身影”）被这个物件深深吸引。他停下来观看它，并在这时候开始有了厚度。这很滑稽，因为就像这个人被世界上一个不可理解的物体的出现改变了。是那些物件在招呼着意识，让它原样地喷发出来。这一点是根本性的，尤其是自卡夫卡以来，我几乎也是在同一时期读的卡夫卡，我在少年时代很少阅读，《爱丽丝漫游奇境》我倒是背得滚瓜烂熟，而它已经预示着很多的东西了。正是在占领时期，我开始大量地阅读，读那些跟我直接相关的书，其中包括《狗牙草》，尤其还有卡夫卡的作品。

在卡夫卡的《日记》中有一个极其有趣的段落，关于他在苏黎世的旅行。他每天所记下的正是他觉得不可理解的。他被他不理解的事物所刺激。比如说，在一个露天咖啡座上，他看到一个男人举起了右手，手指弯曲，仿佛握住了一个酒杯，把它送向自己嘴边，但他的手中却并没有真正的酒杯。弗兰茨·卡夫卡记下了它，并仔细地描述了这一场景。的的确确，只需要有一个缺席的物件，就能让整个场景失去意义，这就仿佛只是在某种不能防止意义渗透的东西突然出现时，意识才开始存在。这一觉醒了的叙述意识打开了文学的整整一个层面，而正是这一点令我激动万分。

几个世纪以来我们对世界的意识大大地改变了，尤其是意识的方向。人们能够在巴尔扎克小说中领悟到一种与康德哲学有关的意识，即意识在转向自我的内部：根据这一视角，我可以这样说，意识在吃下世界，因为我意识的运动将从世界的对象走向我的自身内部。因此，巴尔扎克式的叙述者能如此好地理解世界，根本就不是什么惊人的事：他们就是用这样的方式获得了滋养，使得他自己就是世界本身，他与世界等同。

萨特有一篇关于胡塞尔的文章很有意思。（胡塞尔是在四十年代被人叫作“三个H”的德国体系的哲学家之一，所谓三个“H”，就是黑格尔、胡塞尔、海德格尔。格诺让我们通过科耶夫的版本认识了黑格尔，随后又有了萨特在《现代》杂志中的理论文字，让我们又发现了黑格尔的后继者，就是说，胡塞尔。）萨特的这篇很短的文章应该是发表在《新法兰西杂志》（兴许是在德里厄·拉罗歇尔担任社长期间，至于我，我是后来在文集《境遇一》中读到的）上，题目叫《胡塞尔的一个基本思想：意向性》。文章是由这样一个句子开始的：“他以眼睛吃了它。”这里说的不是胡塞尔，而是从世界中孕育成的吞噬性的意识，反过来朝向自我本身内部。与从世界中孕育出的这一意识相反，萨特（他有自己的魔法用语，兴许这不是一位大作家，也不是一位大哲学家，但他通过某种保持简略却又很强劲的用语让我们认识了一大堆东西）用这样的表达来形容胡塞尔意义上的意识：“意识没有内里。”这一概念撼动了一切，因为在康德那里意识是在自身的内部。萨特这样说：照胡塞尔看来，假如我有意识，“我就有相关对象的意识”，就是说，我除了有关于某个东西的意识，不可能有什么别的意识。由此，从某种意义上说，我的意识就在我的自身之外。当他写到意识没有内里时，他以一个令人惊讶的句子明确了他的想法，这个句子大致上如下：“假如你出于偶然置身于某种意识的内部，你就将立即被猛烈地投射到太阳光里和道路的尘埃中。”

《局外人》中出现了胡塞尔式意识是十分扎眼的。确实，当默尔索这位叙述者得知母亲去世后，便前往养老院，参加葬礼前的通宵守灵，这时候，他似乎在这一切之外，他被世界所刺激，但他却不理解它。在这本书的同一段落中，还有其他一些很典型的例子：默尔索坐在棺材前，注意到棺盖的螺丝没有拧紧；他从中得不出任何结论，他仅仅只是被这螺丝所吸引。[①] 由此，他的意识，在这时刻，是这些螺丝的意识。他不会从中得到滋养而产生出意义来，他被彻底地投向这些还没有拧进去的螺丝。意识的这一向自我之外的投射，就是胡塞尔所谓的意向性。没有什么内里，而是向着自我之外的投射运动，投向世界的物件，它同时使世界突然出现，并使意识存在。因此这是一种与人们在康德那里看到的截然不同的运动。实际上，任何人都不可能有一种胡塞尔式的意识，人们自身中总是有着某种东西。但是在《局外人》的第一部分中，出现的只有意向性。读者很快就明白，螺丝没有拧紧，因为儿子可以要求打开棺盖。由此，看门人心想，他没有必要吃力地拧紧棺盖周围的那二十五枚螺丝。书中写道："看门人问我是不是想看一眼妈妈的脸。我说不用了，他对我说：我理解你。"[②] 然而，默尔索并不知道他为什么不愿意看到他母亲的脸，他不知道看门人理解了什么。但是读者在阅读的时候就有了一种康德式的意识，能够想象出，看门人想到了，这个当儿子的更愿意保留对他所熟悉的母亲生前活生生的脸的记忆，而不愿意突然见到多少已被死亡改变了容貌的一具尸体。于是他对默尔索说："我理解你。"整整这一段在一种惊诧中完成，并且以加奶咖啡的场景而告终："看门人问我是不是想要一杯加奶的咖啡。我很喜欢加奶的咖啡。我回答他说是的，我很想喝，他就端来一杯放在棺材上。"[③]

---

① 书中写道："人们只看到一些闪亮的螺丝，刚刚拧进去一点点，在刷了一层青核桃皮的褐色染料的木板上一目了然。"

② 在书中，这一段如下："他走近棺材，我叫住了他。他对我说：'您不想吗？'我回答说：'不想。'他住了嘴，我有些尴尬，因为我觉得我不该那样说。过了一会儿，他瞧了我一眼，问我：'为什么？'但并没有责备的意思，似乎只是想问问。我说：'我不知道。'于是，他捻着白色的小胡子，也不看我，就说：'我明白。'"

③ 书中的这一段如下："于是他建议端一杯加奶咖啡来给我。因为我很喜欢加奶咖啡，我就接受了，过了一会儿，他回来了，端来了一个托盘。"

这些因素将在小说的第二部分由法官再次提到，实际上，默尔索并非因为杀死了一个阿拉伯人而受到惩罚（那时在阿尔及利亚相对来说不会被人看得很严重，尤其是那个阿拉伯人还曾经亮出了一把尖刀……），他被判处死刑是因为他在他母亲的棺材边上喝加奶的咖啡，这才是一切的原因！他，他不理解这一切，但社会自有一个关系网，在这种情况下，面对母亲时自然得有面对母亲时应守的章法，而他后来对法官说的关于这方面的一切都会反过来要他的命。比方说，法官（实际上是他的律师）问他是不是曾经希望他母亲，那个在养老院里苟延残喘的可怜的老太婆死去："我回答说人们多多少少总是希望自己所爱的人死去。"[①] 这个句子从传统道德观的角度来看，实在是语出惊人，但它显示出，这个人物，在那个时候，的的确确是"局外人"。他是这一世界的局外人。把这本书叫作《局外人》[②]，是一件很奇怪的事，因为阿尔贝·加缪是一个黑脚杆[③]，他对于阿尔及利亚战争有种强烈的感受。他描绘了一个家伙，他的分身，某办公室的小小雇员，此人感觉阿尔及利亚就是自己的家园，被叫作"局外人"。《局外人》不是说一个在阿尔及利亚的法国人因为身份是占领者而感觉自己是异乡人，而是说一个在这世界上的陌生人。而这一局外感的精神状态，恰恰将在卡夫卡的作品中建立起世界上的所有关系，他甚至会发展到说出这样的话来："一个作家总是在一种陌生的语言中写作。"这并不是因为他在捷克说德语，而是因为，他的母语，即人们用于日常交流的语言，不是作家用来为创造一个世界所用的那种语言。由于不理解世界而产生写作冲动，带来的结果之一便

---

① 书中写道："无疑，我很爱妈妈，但这什么都说明不了。所有健康的生命体都或多或少地希望他们所爱的人们死去。"

② 原文为 L'Étranger，也有"陌生人""异乡人"的意思。——译者注

③ 当时对阿尔及利亚或北非其他法属殖民地出生或生活的法国人或欧洲人的一种蔑称。——译者注

是作家马上就会对自己说："世界并不存在，是我一点点创造的它。"这就是胡塞尔的意向性：我的写作和我的意识在这个世界上的投射，一方面将让我作为作家而出现，而另一方面，将让世界作为世界里的种种物体而出现。

这一两分法将会有一个根本性的结果。在巴尔扎克式的小说中，世界已经存在，它是完成的，而某个能干的人，叙述者，来谈论它。相反，在二十世纪后半期的整个文学中，甚至从二十年代起，一切就发生得仿佛这世界还不存在，是作家的话语让它出现，并赋予它如此模样的。作家不再表现，他创造。他创建一个世界，他在一种永远不停的运动中创建世界：因为世界并不是在书结束时才创建的，那样就太简单了，而是始终有待于重新创建、重新造就。而这样，我相信，就有了一种莫大的欣喜，一种很大的能量。我读巴尔扎克时可以说不用投入任何能量：他所描绘的世界并不需要我的参与，它已经造就了，并且运行得很好。我可以尝试着进去，但我不会去创造它。然而，当我们阅读《局外人》、卡夫卡的《城堡》或者福克纳的《圣殿》时，事情就不一样了，因为在那个时代，涌现出了整整一大批作家来，他们写作时都正在创建一个新的世界，就仿佛旧世界始终有待于重造，由此可以说，它始终处在废墟状态。

我很想强调一下废墟般世界这一概念，既是个人感觉上的，又是普遍意义上的。为什么一个农艺师，研究香蕉病虫害的专家，突然间就开始着手写作没有人愿意读的小说了，而且丝毫不为这一现象所困惑呢？这里头应该有一个很强烈的理由。我想，此事发生在第二次世界大战的末尾，绝不是一种偶然。

欧洲是一片废墟，真正的一片废墟。坐火车从斯特拉斯堡出发去华沙时，沿途只是在穿越一片废墟。整个德国都被毁了，很多法国城市也被毁了，例如我的故乡布雷斯特，根本就没有留下一栋立着的房屋。美国人彻底摧毁了它，借口说有一支德国军队不打算接受停战协定。布雷斯特并不太漂亮，但毕竟拥有一个灵魂。然后，什么都没了。“布雷斯特，什么都没留下来”，普雷维尔这样说……真的什么都没留下来，一无所有得甚至连城市的地形学都消失了，因为美国人只想为他们的舰队保留这个停泊点（这是一个得到极好保护的锚地），着手把它变成了一个美国化的城市。一台台推土机将城市夷为平地。先是推平了房屋，接着是地块，然后在那里规划齐齐整整四四方方的街道，风儿吹来，令人惊讶地灌入门窗洞。

不止是建筑被摧毁。古旧的欧罗巴成了一片废墟，而它的意识形态也一样。法兰克福学派第一代的哲学家们认为人文主义应该为针对犹太人的种族灭绝负责。这可能让我们觉得稍稍过头了一点，但他们的推演却相当有力，就是说，是人文主义的逻辑将我们引向奥斯威辛。他们觉得，西方的思想跟西方的城市一样被扫荡一空。与其说人们要为这一大片断壁残垣而哭泣，我认为，正好相反，人们感受到一种巨大的欣慰。世界有待于建设。人们本该早就知道的，但人们并不知晓。现在，我们意识到，世界有待于建设，那个时候出现了众多的思想运动和艺术运动并非出于一种偶然。有了新小说，同时还有了新批评，有了皮埃尔·布莱的音乐领地，有了绘画中的新现实主义。不仅仅在法国，在整个欧洲都一样，产生了一种骚动，一种沸腾的创造力。很多人为今天缺失1950年到1960年的那种旺盛创造欲而感到悲哀。我认为，今非昔比。我并不是想说，我们非得爆发一场战争才能重新有一些文学运动涌现出来，物理层面的废墟中的世界已经出现了。我想，正是这一点让我离开了能为我带来安逸生活和一定名利的国际研究者的职业，转而从事命运未卜的文学尝试。当一个工程师走了之后，人们可以派一个新的来，让他继续从事同类的研究，而除了我，却没有任何人能够构建起我所带来的这一新世界。

4. 重归废墟

到三十年代末我已经是一个青年人了，我想，当时，废墟的想法在我的心中非常强烈，即便那还是在战前。当时法国的政体早已经非常怪了，人们觉得共和制正在解体。那个时期，每一届政府往往只维持三五天，三天两头就有罢工。1937 年，巴黎的世界博览会是在泥泞的工地上开幕的，竣工的场馆只有两个：纳粹德国和苏联，正好面对面。而我们的民主世界依然还是一片废墟。就在这样的境况下，战争来临了，而法兰西军队，世界第一，短短三天工夫就消失了！……它崩溃了，士兵们返乡回家，假如他们还有可能回去的话。德国人具有一种十分强大的物质力量，而且这一物质力量还跟一种极其强烈的民族主义信念密切结合在一起。而我们，却没有。就好像这次战争不是我们的战争。好像欧洲早在被炮弹从物质上摧毁之前，就已经土崩瓦解了。我认为这个念头影响了我的余生。就在此刻，我能感觉到自己在不停坍塌变为废墟。

我 2001 年出版了一部小说，叫《反复》，小说的背景是战后一片废墟的柏林。必须说一下，这片废墟是十分骇人的。不仅威廉大街、腓特烈大街以及菩提树下大街成了废墟，而且连歌德本身也成了废墟。五十年之后，我决定在这个被扫荡一空的柏林城里重建我过去的所有小说作品，就好像那些作品本身成了一片废墟。这一信念兴许还由于 1999 年圣诞节的巨大风暴而显得更强烈，那一场大风暴彻底摧毁了我的生活环境，就是说，我精心构建了四十来年的诺曼底老宅的园林。很难表达出从一次大崩溃中所散发出的能量（因为这会显得很反常）。我十分坚信，这次风暴在我心中产生了一种拯救效果，因为，它消灭了我，而突然一下子，我又开始在柏林的废墟之上重建世界，重建我的整个小说作品，并且带着一种十分强烈的意识，意识到那将是一种反复。

我在这里并不是来上一门关于我自己的课程，但我还是很愿意就此说上那么几句：克尔凯郭尔的一本书也叫《反复》，最初在法国出版的时候，书名译为 La Répétition，而眼下刚刚又有一个更好的译本出版，书名则为 La Reprise。克尔凯郭尔自己对“reprise”和“répétition”之间的区别做了一种基本的二律背反说明。他说，重复（répétition）和反复（reprise）是同一种运动，但在不同的方向上。人们所重复的，与过去的东西是相同的，因此是一种朝后的运动，而反复却是被引着向前的：用往昔的废墟，我要建造一个新的世界，这样，就不是一种重复，而是一种反复。

这一区别，在克尔凯郭尔那里，是由其相当疯狂的基督教主义来表明的，这一点必须强调。他深受《旧约》中约伯这一人物的影响，约伯为上帝奉献出自己的所有财产，始终不断地赞美着上帝，上帝则让他从富裕的境地落到赤贫的地步。约伯生活在粪土堆上，但他知道，靠着上帝的恩惠，他的生活将变得双倍美丽。以约伯为榜样，克尔凯郭尔也要牺牲掉他在世界上最宝贵的东西，就是他对雷吉娜·奥尔森的爱，这个他已经决定要娶作妻子的十六岁的年轻姑娘：他以极端卑劣的方式来对待她，就此毁了他的爱情，心中还相信上帝会让它变得双倍美丽地还给他。而我，我在风暴中失去了三百五十棵百年老树，而我继续赞美着上帝，以我自己的方式，因为我不是个信徒，但在这五公顷的园地上已经有太多的树木了，我并不会期望上帝会还给我七百棵树来，因为在那一时刻，就只有把一切都席卷而去了。

克尔凯郭尔相信上帝的方式很有些戏剧性。他决定反复做第一次发生在他身上的事，重返柏林，住到同一个公寓中，皇家喜剧院对面，在两个一模一样的教堂之间，并且去皇家喜剧院看由同一个演员主演的同一出戏，但一切都不灵了：没有所谓的反复。他只感觉到一些枯燥无味的重复，却没有反复。于是他丧失了一切能量，回到了哥本哈根，而这时候，雷吉娜已经跟别人结婚了……我自己也重温了这样一个发生在柏林的故事，在同一个广场上，宪兵广场，在两个教堂之间，面对着皇家喜剧院。猎手街和宪兵广场拐角处还挂着一块牌子，说克尔凯郭尔在第二次逗留柏林期间曾经居住于此。

世界始终有待建造这样一种想法，说到了现代精神的根上。总之，这就是萨特所谓的自由。假如世界已经造就，我们就不自由了，我们就只能照着原样再造世界的种种形式。但是，假如世界有待建造，我们的自由就不断地处在游戏中。因为在我们的生存中，即便在文学之外，我们也一直是一个世界的建造者。这一情境同样也将反映在读者身上。读者被召唤着重建他正阅读的书，就好像这本书已经倒下成了一片废墟，而他自己将在其中引入一些新的可能的意义。这并不是在建造一些大教堂，但概念是相同的：那是一些思想的大教堂。这种情境常常被读者所误解，因为他们认为，阅读是某种休息。白天，人们遭遇了世界的怪异，以及世界的某些元素渐渐显现的不可理解性，晚上回到自己家里后，人们阅读就是为了好好休息一下。在这种情况下，最好还是去读一本巴尔扎克的书，而不是一本卡夫卡的书，或者一本乔伊斯的书。阅读活着的文学不是叫人歇息的，因为必须像书的创造者那样不停地让自己努力介入进去，就好像人们在重新创造这本他们原本只是正在阅读的书。我读它，它是彻底完成了的，但它又没有结束。它在继续活着。

我尤其要强调的一点，就是一部作品得以活着的方式。我想，我的科学研究经历在这里扮演了一个角色，那是文学经历所不可能有的。当我的书最终出版，并遭到大量媒体反对时，我很是惊讶，因为我看到，媒体何其固执地认为只有一种写作方式。对一个科学家来说，科学永远都没有结束，永远在运动中。而对一个文学家来说，运动似乎已然结束。人们指责克洛德·西蒙、玛格丽特·杜拉斯或者我本人，指责我们写得不像巴尔扎克。人们真的是这样指责我们的！显然，我们写得不像巴尔扎克那样，毕竟，世界改变了！巴尔扎克的世界已经一片废墟！而批评界和我之间的这一误解，我认为依然持续着，因为我把这一运动叫作新小说，但小说只能是新的。《包法利夫人》相较于《欧也妮·葛朗台》是新小说。随后，陀思妥耶夫斯基相较于福楼拜是新小说！再后来，卡夫卡相较于陀思妥耶夫斯基是新小说！小说只能是新的，因为结束了的小说终成废墟。

翁贝托·艾柯在《开放的作品》中很好地解释了这一情境，在书中他举例说明，但例子不是文学的，因为文学符号的数量实在太多了，而是调式音乐的，尤其是从巴赫到勋伯格的演变。举调式音乐为例的好处在于音符只有十二个，这一十分有限的材料有助于最开始做简单的推理。翁贝托·艾柯指出，约翰·塞巴斯蒂安·巴赫扮演了一个组织者的角色，把音阶上的十二个音符（《平均律钢琴曲集》的音符）作了划分，并为每个音符分配了功能，由此形成了等级。而音符之间的权力等级很快就将导致冲突的出现。在巴赫作品创作的第一阶段，划分是完美的，以至于如果你聆听这些作品中的一部，尽管你自己不是个音乐学家，你还是会感觉到这种调性，每个瞬间你会感受到有一个和弦会比其他和弦更可能出现。这就是预测可能性的基本规则。假如音乐在乐句中央停住，你完全可以自己把它唱到结束，根本无须事先熟记乐段，因为在每一瞬间，出现一个特定的和弦而不是另一个和弦的概率是很大很大的。

正是这一点将马上变质。在随后的阶段，贝多芬的作品中就出现了不协和和弦，就是说，一种不大可能的和弦。你坐在扶手椅中聆听贝多芬的一部交响乐，那是一部调性十分鲜明的作品，比方说，是降 B 大调的，突然间，你感觉到一个本不应该在那里的和弦，不大可能出现在你已经听习惯的调性中。翁贝尔托·艾柯谈到这一点时说，这里出现了第二类快感。早先的快感，如愿以偿的快感，突然就将变成另一种出乎意料的快感，而且更加尖锐。在贝多芬的体系中，不协和和弦被解决之后人们很快就找到了基础的调性，恰如什么事都没有发生过似的。但是随着贝多芬创作生涯的延续，这种偏离主流的不协和和弦频繁地产生又被解决，让当时的批评家彻底晕头转向。关于《第九交响曲》（如今大受欢迎，甚至在弗朗索瓦·密特朗第一个任期的加冕仪式上演奏了，而且唱的是德语歌词！），当时的批评家们写道："大家很清楚他已经聋了！一个人必然是聋了才能写出如此的音乐，与所有的和弦都不相容。"哦，不是的，是世界改变了。巴赫的世界成了一片废墟，而在这片废墟上建造起了另一个世界。随后，稍晚一些的时候，当瓦格纳出现，并创造出能同时属于多种调性的和弦时，世界则又改变了，学院派批评家越来越不知所措。假如你聆听《特里斯坦和伊索尔德》，你会感受到，从第一个乐句起，你就走进了一种不协和和弦中，而整整四个小时期间，你根本就不知道应该把脚落到哪里。脚底下总是在动，再也没有一片稳固的地面。

我再回头说一说我最初的科学研究。科学世界在动荡。一个文学批评家可以对我说："你不知道怎么写作，因为巴尔扎克会写得不一样。"但是，人们却永远不会对一个科学家这样说："你不能得出这一理论，因为牛顿写得不一样。"科学被认为要靠运动来滋养，应该处在运动之中。爱因斯坦和其他一些人最早指出，这一运动是可能的，因为里头有一些空缺。空缺的概念在这里再度出现（谈到卡夫卡时，我曾说过紧紧捂在一个玻璃杯上的手，但是那里并没有什么杯子，这就剥夺了任何意义）。是爱因斯坦，在二十年代，以早熟的方式提出了这一想法，即科学处在运动中，因为它是有漏洞的，而一个理论的科学性标准并不在于它是不是永远有道理，而是正相反，在于人们能够当场抓住它的差错，并揭示出，至少在某一点上它是错的。这一进展，从巴尔扎克一直到我们，发生得相当迅速。在一个时代里，科学曾经是世界的真理，就好比牛顿定律是由上帝写出来的。它是客观的真实的。十九世纪末期，在基础物理学方面，一个观察者对摆在他眼前的现象的干涉，使得科学变得主观。从此，牛顿定律所代表的兴许就根本不再是苹果落地的方式，而是牛顿的大脑如何运作的方式。在大地上，另一种能思想的动物对这同一个苹果可能会得出另一种定律来，但是，这个定律每一次都会被证实，因为，定律兴许是主观的，但苹果却总是按照定律落的地。由此，科学变得主观并且能被证明。

接下来的阶段就是爱因斯坦的定式，随后被奥地利-英国哲学家卡尔·波普尔重复并广为传播，正是他使得正统马克思主义和正统精神分析学信誉扫地。他说，它们不能成为科学，因为无论是前者还是后者都始终有理。因为这两门学科各自都以关闭其他所有的出路为其特点。确实，假如你对一个精神分析学家说，你不相信俄狄浦斯情结，他立即就会把这一点定性为否认。在这一点上，康多莉扎·赖斯夫人最近发表了一个声明，关于伊拉克战争的，很有阿尔弗雷德·雅里作品中人物浮士德若尔博士的范儿：她声明，如果说没有找到大规模杀伤性武器，那是因为隐藏得很好，而如果说隐藏得很好，那恰恰是因为它们很危险……这是一种走向荒诞的推理：它们存在的证明，竟然在于人们找不到它们这一事实本身！这一类的推理是绝对有悖于科学精神的，在科学中，总得有一些出口，一些开放的东西。在此，我很愿意引用吉尔·德勒兹在《意义的逻辑》中的一段话，他说明了结构是什么，因为，尽管当时人们处在结构主义盛行的时代，却没有人定义过它。他写道，结构是由一种空缺所定义的，二十世纪末也能找到同样的概念。他还写道，为了显现一个结构，就得想象两个系列的因素。这两个系列是平行的，而如同任何的平行线，它们似乎有一个在无穷远处的相交点。这两个系列不是同一性质的：比方说吧，一个系列是物件，一个系列是概念。在其中一个系列，缺少一个因素，而在另一系列，则多余一个因素，一边缺一个因素而另一边多一个因素这一事实，便会产生一个结果，使得这两个系列中的所有因素都处在不停地活动中。

你可以把这一点运用到许多现代性的伟大作品中。从陀思妥耶夫斯基的作品起，尤其是在他的《群魔》中，该书名的另一种叫法是《中邪者》，一直到玛格丽特·杜拉斯的《情人》，德勒兹的模式都能起作用：某一边缺了一个因素，而另一边多了一个因素。这便造就了一个结构，就是说，一个活生生的整体。这样的一种思辨，对科学家来说很容易理解，而对某些文学批评家来说却似乎非常抽象。《世界报》的那位专栏作家埃米尔·昂利奥就是这样一种情况，他是那么地喜爱我，为我做了很多事。他总是全面抨击我的书，但是，每一次有机会的时候，他都帮了我的忙。有一天，谈到我的《嫉妒》时，他甚至这样对我说："我又破坏了它，但是，假如我一味说好话的话，你的境况恐怕会更糟。"他很亲切也很谦虚，但是他从来就没有读过卡夫卡、福楼拜、乔伊斯、博尔赫斯。实际上，从狄更斯以来，他就没读过什么！

一个像我这样有过专业训练的科学家会想到，文学将会是自由的正在建造的骚动的地方，如果遇到一个凝固的世界，一些封闭的结构就会极度失望。今天，事情有了一定改变，尽管如此，想在每一个事物中找到一种封闭的意义的这种陈旧的愿望依然存在。然而，当今的科学却显示出，假如一个体系是协调的话，那它必然是不完整的，不然，它就会丧失协调性。它的协调性全在于它有空缺这样一个事实本身。

5. 写作有如绣花

我已经好几次提到了，空缺作为结构的组织者，在现代文学中极其重要。而且我很想在此用一些确切的例子，再稍稍阐发一下这个问题。因为这是作为小说爱好者的普通读者不会发觉的某种东西，或者，即便他发觉了，也以为是作家的过失，没能在自己的故事中看出空缺来。当然啦，我将再一次引用我的同志福楼拜作例子，他有体系地运用了空缺，甚至还为此作了解释。

《包法利夫人》开篇就有一种开口，一种极其惊人的空缺。夏尔的第一个妻子，寡妇杜布克，是一个他从来就没有爱过的女人。那是一桩由包法利家的母亲安排的婚姻，因为这个女人很富裕。然而，她已经不再富裕了。夏尔一下子就发现了这一点，而他母亲也突然就变得很不舒服，尽管这桩婚姻是她的安排。夫妻之间吵得越来越多；夏尔是一个和蔼又温和的男人，但那个丑女人开始挑衅他，更有甚者，她还公开地欺骗他。这时，便有了她在院子里晾衣服这样一个令人惊讶的场景。夏尔远远地瞧着她，突然她就倒下了。文中这样说道："她死了。多么叫人惊讶啊！当墓地中的一切都结束后[①]……"这很荒唐，因为这是一个具有最重要意义的事件。始终憎恨着妻子的夏尔，

① "一星期后，她在院子里晾衣服，突然吐了一口血，第二天，当夏尔转过身去拉窗帘时，她说：'啊！我的上帝！'深深叹息了一声，便昏死过去。她死了！多么地叫人惊讶啊！当墓地中的一切都结束后，夏尔回了自己家。"

早已经注意到了鲁沃家农庄中漂亮的小爱玛，这一下，他就将彻底自由了。福楼拜在二十页之前用好几大段文字描写了夏尔的那顶帽子，这一事件只有这么一段很是奇怪，让它的重要性彻底消失了。这就为读者制造出了一种怪异的效果，如同一种能量的释放。

我还要稍稍回到这个概念上：倒下成为废墟的事物。因为这是一个同等范畴的现象。文本中的一个空缺制造出了对写作和对读者的一个能量极其大的效果。而且很明显，这在福楼拜的作品中常有重复。他自己就曾在《包法利夫人》的一个著名段落中把它叫作一种"裂缝"。爱玛嫁给了夏尔，而她却烦闷起来。他是一个和蔼可亲的小伙子，但一点儿都没什么让人激动的地方。她本来以为，结婚就是把她扔进一个梦幻幸福的世界，但她却发现，她想错了，她嫁的恰恰是一个和蔼可亲的乡巴佬。于是她幻想城堡里的生活，富人们过得快活自在。后来，夏尔治愈了一个贵族，昂代维利埃侯爵，作为感谢，侯爵邀请他带上年轻的妻子去渥毕萨尔城堡的府上吃晚餐。那次晚会期间，爱玛将在她日思夜想的贵族世界里发生转变。可以想象，这会给她的内心带来一种满足，她会心满意足，但情况恰恰相反。舞会一结束，她又回到自己的日常生活中，小说中这样讲道："前天早上和今天黄昏，中间到底出了什么事，让两者相隔如此遥远？渥毕萨尔之行在她的生活中凿了一个大洞，如同山上的那些大裂缝，一阵狂风暴雨后……"这是一个稍稍有些长的句子，我不愿意毁坏它；每当需要我背诵福楼拜的时候，我不免会背错，而当我的目光落到真实的文本时，我对自己说："显然要好得多！"因为在福楼拜的写作中，确实有一种惊人的完美，属于韵律学的范畴，哪怕是调换它一个词，也会感到十分羞惭！我还记得，当福楼拜因为在作品中描写了女主人公爱玛下流放荡的生活，而被指控犯了有伤风化罪遭遇诉讼期间，当他最终好不容易被宣告无罪时，被要求换掉他曾经引用过的鲁昂的一家报纸的名称。但是，当他得知此事后，他差点儿就要跑去自杀，他说："我的整本书就此将一文不值！"我记得，那家报纸名叫《鲁昂灯塔》（*Le Phare de Rouen*），他得把它改为《鲁昂探照灯》（*Le Phare de Rouen*）：这是绝对不可能的！其中的每个辅音和每个元音，整个句子的音乐性，都有一种必要的存在意义，他根本无法解决……

"前天早上和今天黄昏，中间到底出了什么事，让两者相隔如此遥远？渥毕萨尔之行在她的生活中凿了一个大洞，恰如山上的那些大裂缝，一阵狂风暴雨后，仅仅一夜工夫，就成了此等模样。"这种空缺的概念，在福楼拜那里是一种裂缝。在他那里，形象总是很有冲击性的。就是说，人们看得到，人们感觉得到分隔的边缘。爱玛的生活不但没有得到充实，反而出现了空洞，正是这个空洞，随后将入侵整个文本。可以发现这一形象重现了两次，就在从渥毕萨尔城堡回家之后不久。老实本分的夏尔从那个梦幻世界中跳脱出来，在半路上停住马车，修补有些损坏的马笼头，这时他在路上看到了侯爵掉下的绿绸镶边的雪茄匣，里头还装着几支雪茄。他把它捡起来，爱玛对他说："怎么，你现在会抽雪茄啦？"他回答她说："有时候也抽上一口。"但是，当他开始抽起雪茄后，他立即就难受起来。他要跑去喝上一口冷水，而就在这时候，爱玛一把夺走了雪茄匣，这梦幻中的物件。她看到它是镶了花边的，随后，文本中就有了整整一大段关于镶绣花边的离题话。她想象绣花边的女人的气息正穿过十字底布上的针眼，就是说经线和纬线之间有一个个的孔，绣线正是从孔中穿过。为构成一幅图案，这些绣线在一个地方出现，接着消失，然后在更远的地方出现，以此类推。[1]

[1] "一股爱情的气息透过十字绣花底布上的针眼，每一针扎下去，不是扎定了一线希望，就是扎定了一丝回忆：所有这些纵横交错的丝线，只是同一沉默的激情的延续。"

让人似乎觉得，福楼拜在这里谈的正是作家的工作。当他说："包法利夫人，就是我。"我们可以这样简化他的思想："我的所有人物多多少少都有些像我。"但是，我想那是另一回事：包法利夫人根本就不是那个外省小傻娘们，她就是作家。而她的不满足，就是写作本身的不满足。当福楼拜描绘绣花女的工作时，他描绘的正是他自己的作家工作，那些绣线在此处消失又在远处出现，最终构成一幅绣图。趁此机会，他实际上强调了十字绣花底布上的针孔。我记得，应该是菲利普·哈蒙——一个不太有现代意味的福楼拜研究者，经常会说一些关于福楼拜的很有意思的话——曾经这样写道，福楼拜的作品是一个空缺与误解的十字交叉口。确确实实，这些空缺就是十字绣花底布上的针孔。

当这形象再次以另一种形式出现在下一页时，更加有冲击性了。为了让她的美梦物质化，爱玛买了一幅巴黎地图，用一支铅笔在上面做想象中的漫游。我们又一次发现了十字绣花底布的概念，因为，在这里，地图是由成直角而互相交叉的街道所构成的。它强调了这样一个事实，即房屋在地图上是一些空缺，而她就在其中尽情地漫游。① 这就又是作家的形象了。

在福楼拜的全部作品中，这样突然出现的空洞有很多著名的例子。本来叙述是持续性的，突然间，来了一个巨大的空缺。举例说吧，我们不妨引用一下《情感教育》中"他旅行"这一段。弗雷德里克·莫罗在巴黎的林荫大道上闲逛。那是在1848年革命的末尾，革命遭遇了挫折（福楼拜并不是什么四八年派，但他却非常支持革命，恰如我们能在这一段落中看到的那样），弗雷德里克就这样走在林荫大道上，街上的人群拥挤起来，他

① "她给自己买了一幅巴黎地图，用手指尖指指点点，游览纸上的首都。她走上林荫大道，在每个街角停下，就在表示街道的线条之间，在表示房屋的白方块前面。"

认出了远处的杜萨迪埃，正在那里大声宣传他的共和派主张。他看到这个朋友冲着一个警察走去，指着对方的鼻子大喊道："共和国万岁！"对方马上拔出军刀，把他给砍了。人群四下散开，我们察觉到一个大事件，书中的一个人物刚刚被杀死了，文本说道："警官用目光在人群中扫视了一圈。而弗雷德里克，嘴巴大张着，认出了塞内卡尔。"① 原来，是主人公的一个朋友刚刚杀死了他的另一个朋友。而一切就停止在了这里。这里有一个空白，然后，两行文字之后："他旅行。他见识了大货轮上的忧伤，帐篷底下冰冷的醒转，令人头晕眼花的景色与废墟，苦涩难言的离愁别绪。他返回。"在这一很短的段落中，有福楼拜三年的生活，他在东方的旅行，在文本中被"他旅行"这一句之前和之后的那些空白所物化了。这不会是一种偶然。我们可以设想，福楼拜完全是有意识的，因为他用了"大张"一词。而实际上，当弗雷德里克看到杜萨迪埃死去时，他并没有嘴巴大张，他被吓呆了，"大张"一词用得不合适。福楼拜在自己的作品中多次有意地使用这个词，把开口从一个成分搬移到了另一个成分中。

在《希罗底》中，显然还有另一个著名的例子。希律王安提帕斯跟他的妻子希罗底生活在一起，他们还跟先知施洗者圣约翰多多少少保持着关系，福楼拜把后者叫作约卡南，好听多了。罗马占领军的一个分队来找黄金，因为犹太人隐藏了黄金，这是众所周知的……王对他们说这里没有黄金，罗马兵中的一个，指着一块盖在阴沟上的石板，问道："那么这块石板，它底下藏了什么？"王回答说这只是一条排水沟，但那罗马人非要把它打开不可。人们打开了石板的活门，听到约卡南巨大的嗓音从底下深处传来，用极其粗野的咒语痛骂国王和王后。文本说

① "一记恐惧的尖叫声在人群中升起。警察用目光在他周围扫视了一圈；而弗雷德里克，嘴巴大张着，认出了塞内卡尔。"

道："王后俯身探下，嘴巴大张，趴在洞口上。"[①] 然而，嘴巴大张的是那个洞，而不是王后。这种表现方式叫作换置，修饰一个人物的一个形容词转移到了另一个人物身上，或者，从一个物体上转移到了一个人物身上，等等。就这样，这一修辞形象，"弗雷德里克，嘴巴大张着，认出了塞内卡尔"，我们可以确认，福楼拜在《包法利夫人》中称为"裂缝"的，就是这里大张着的嘴。在"大张"这个词中，就有了洞在扩大的形象。让人觉得，王后会被这个敞开的洞吸进去，我可以以我的同志福楼拜的名义证明，这一切是完全有意识地写的，在他的作品中，有着太多这样的例子，因此不会不是有意为之的。

另外，在福楼拜之外，文学作品中围绕着一个空缺而组织起来的叙事的例子也数量众多。其中有一个我特别爱引用的例子，那就是陀思妥耶夫斯基的《群魔》。这是一个关于在圣彼得堡的政治密谋小团体的故事，该小团体的头头的名字叫斯塔夫罗金。他是一个浑身充满了谜的头领，经常不在场，尽管始终处于叙事的中心。他一会儿在瑞士，一会儿在德国，不知道他在干什么，有一些关于他的故事在流传，但始终叫人无法理解。甚至连密谋分子也对他的所作所为一点儿都不理解，因为他偶尔出现时的行为始终是很成问题的，不然就是行踪不明。警察也一样，也不比密谋分子或故事叙述者更理解他的所作所为。在《群魔》的文本中，陀思妥耶夫斯基写过斯塔夫罗金的一次忏悔。在故事的某一时刻（我们不知道是在什么时候，因为这一段落在最终印书时被删掉了），斯塔夫罗金决定，他要前往主教提克农那里做忏悔。他走了很长很长的路，一直走到主教所在的修道院，见到了他，并对他说："我想来做忏悔，而为了更

---

① "[……]维特里乌斯坚持要留下来。翻译以一种无动于衷的语调，把约卡南用他的语言喷射过的所有咒骂，又用罗马人的语言说了一遍。四省总督和希罗底不得不第二次忍受它们。当她嘴巴大张着察看深深的井底时，他正在那里大口喘气。"

容易理解，我写了下来。”他掏出一个笔记本，打开，撕下两页，把剩余的整个本子交给主教，主教对他说：“假如你真的想做忏悔，那为什么还要撕下两页来呢?”斯塔夫罗金回答道：“我还不知道你配不配读。”我们不知道那两页纸上都写了什么，但这一版本的故事宣称，斯塔夫罗金无法说出口的罪恶是对一个小女孩的强暴和谋杀。这是一个始终萦绕在陀思妥耶夫斯基所有作品中的主题，在《永远的丈夫》中又出现了，但是《群魔》的出版者断定不能讲述这一类的故事，会触犯法律而受到惩罚。于是，他要求陀思妥耶夫斯基删除掉这个章节，然后仔细整理一番，不让人看出消除的痕迹。几十年之后，风气有所改变，陀思妥耶夫斯基已经去世，但空缺的那一章保留了下来，一个出版商决定把它增补上去。不过，他实在不知道究竟应该把它安插到哪里，因为他看不出书中哪里有缺少什么的痕迹，他就把它放在了书的最后。这很滑稽，因为在当时的所有版本中，在任何一种语言的译本中，小说都是完整的，斯塔夫罗金最后死去了，但是到了这时候，他却要在小说的最后一章中去做忏悔。再生的文本便是那被撕去了两页的笔记本的文本。人们无权得到这著名的两页文字。它们是否真正存在过?兴许没有，但是我们毕竟知道，某种戏剧化的东西影响了斯塔夫罗金的整个生命。叙述者说，很遗憾这两页文字被拿走了，不然的话，一方面，人们将明白他要讲述的那个故事，另一方面，人们也会明白作品整体是什么样的。那样的话，斯塔夫罗金生命中种种言行的谜一般的侧面也就将明白无疑地显现，人们也就会充分理解他的言行。但是从另一侧面来说，这个人物是一个撒谎的人，他始终在撒谎，因此，在他的忏悔中他也会撒谎，兴许，在那两张纸里也一样撒谎。

当我写作《窥视者》时，我还没有读过《群魔》。然而，我似乎觉得，我的那本书就是陀思妥耶夫斯基那部作品的一种再现。而多年之后，在一个朋友家中，当我很偶然地读到那部小说时，我对自己说：“真是叫人难以相信！二十年来，没有任何一个批评家指出过，这是同一个故事！”对一个小女孩的强暴和杀害，本来是故事的最中心，却没有在文本中出现。从这一点来说，《窥视者》当真像是对陀思妥耶夫斯基的一种致敬，也可以说是对《群魔》的一种再读书写。我很高兴，我在不知不觉之中作了这次致敬。或者可以这样说，这是构建我们思想的伟大神话之一：如果没被拿掉的话就将照亮故事的叙述。我发现这一点非常精彩，因为对我来说，空缺越来越成为所有作品的叙事中心。

6. 在空白之上构建

《窥视者》是我出版的第二本小说，也是我写的第三本小说。我与乔治·巴塔耶、莫里斯·布朗肖、让·波朗的友谊起了作用，让它在出版后有一定反响，他们为它颁发了批评家奖。于是，它成了一部有人谈论的书，而当初的《橡皮》在出版之后却落入了一种令人丧气的寂静中，必须说，我被看成这样一个人：一个想写一部小说，却不知道该如何写的家伙，一个以为只需要拿起笔来就能成为作家的农艺师，这样可是完全行不通的。人们谈论我的农艺师职业与我的作家职业之间的关系：我知道，两者之间没有丝毫关系。当我撰写有关香蕉树病虫害的农学论文时，或者对不同种类的柑橘类作物分类时，那就完全与被蛀孔的语言、空缺、矛盾无关，而是正相反，涉及的是一种尽可能理性的关系，其对象是一些有时候不太符合理性的元素。

滑稽的是，我不被认为是一个真正的小说家，而是一个拿起了一支笔的工程师，以为这样一来就是在写作了，而当我开始拍电影的时候，我改变了身份。当时，整个的批评界众口一词地说我："人们看得很清楚，这不是一个电影人！这是一个以为只要拿起了摄影机就能拍电影了的小说家，但人们看得很清楚，他只是一个小说家!"就这样，我是在拍电影的时候才获得了真正的小说家的资格。为了被人承认为一个真正的电影人，我在十年之后开始画画了，但我却并不那么持之以恒地要成为画家！

好了，在《窥视者》中，背景是一个布列塔尼结构的小岛，尽管这一点并没有明说。此外，人们似乎不是在法国，既然人们用克朗来付钱，而不是用法郎，而且人们抽的是蓝色烟盒的卷烟，而不是高卢女人牌卷烟。这里头已经做了处理，去时间、去地点，但毕竟还是我童年时代的布列塔尼，兴许还有，可惜啊，我童年时代以及我成年期间的种种幻影，因为幻影具有一种持续的生命力。一个旅行推销员决定在一个岛上度过整整一个白天。这多少有点像是去韦桑岛：人们早上坐船去，整个白天就在岛上过，到晚上坐另一班航船返回。叙述者以一种精细的描述，记录下他所看到的一切，他所经历的一切。他具有我在前面已经说过的那一种胡塞尔式的对世界的意识，就是说，他把自身投射到事物中去，这就使得那些事物以绝对坚固但同时却又活动着的方式出现。这一出现，不断地反复，每时每刻都在改变故事的种种因素，尤其是故事的架构。而假如人们读得仔细，还会发现，在第一部分和第二部分之间，有着时间上和空间上的一段空缺，这是一种断裂。我把这个人物叫作叙述者，尽管他总是说“他”，并用历史过去时说话，这一点必须引起怀疑：他采用了历史真实时态，因为他有些事情要隐藏，很有可能就是对一个小女孩的强暴和杀害。读者会渐渐发现其中的某些细节，尤其是文本为填补这一空缺而表现出的疯狂顽念，想要把裂缝——时间上的这一空缺和空间上的这一空缺——的两边彼此拉近，而他兴许就是在这一空缺中犯下了罪行。我说兴许，因为我也并不比书中已经写到的知道得更多……就在他提供一种巨大努力来填补这一空白的同时，这个空白却在增长，并最终入侵了整个故事，不仅仅是由谋杀引向的结局，而且同样还有一开始。就是这个顽念——在关键的谋杀时刻试图填补的裂缝——其结果却正好相反，将被整本书吸进空洞中去。

在《橡皮》中，就已经有某种很怪异的东西了。一个警察在调查某桩政治谋杀案。他唯一不知道而读者知道的一件事是，这桩谋杀案其实并未犯下。书中的人物之一，达尼埃尔·杜邦，说是被人杀害了，但实际上并没有死，他逃脱了杀人凶手，并制造出自己已死的假象，可以这样说，他为之提供了好多证明，以为这样一来就没有人再找他麻烦了。这倒像是一部多少受到了索福克勒斯悲剧《俄狄浦斯王》影响的侦探小说（等我要涉及再创作的问题时，我还会再谈）：某个人调查一桩罪行，最后却发现，罪人原来就是他自己。这是一个极其有意思的侦探小说的主题。在《橡皮》中，警察调查一桩并没有犯下的罪行，到最后，反轮到他自己来将它犯下。

在我的其他一些新小说同伴那里，也有类似的效果。玛格丽特·杜拉斯的《情人》是如何诞生的呢？她的儿子让在家中的阁楼上找到了母亲的一些照片，她少年时期在印度支那拍的，还有在德军占领时期的巴黎拍的，当时她在德国人的一个纸张配给处里工作。获得这个重要的职位依仗了大作家拉蒙·费尔南德兹，此人是多米尼克·费尔南德兹的父亲，与德合作者中的头面人物之一。让发现那些照片的时候，玛格丽特·杜拉斯已经成了一个风靡一时的作家。他要把那些照片拿到一家摄影出版社去，后者觉得这些照片很有意思，便要求玛格丽特写个图片说明，以便做成个摄影集。让对母亲说明了出版商要求她为图片配些文字的想法，后者立即就着手写了起来，一写就写了一百二十页。相当的怪异，她自己留住了所有的照片，即便是那些似乎跟她所讲述的爱情故事没有关系的照片，甚至还包括拉蒙·费尔南德兹的照片，要知道，这些实际上会给她带来相当大麻烦的。而且，她还增添了一张被她叫作“空缺的照片”的照片。

玛格丽特·杜拉斯对她自己的创作并没有太多意识，尤其是与福楼拜相比之下。我还记得，在《琴声如诉》一作中，那位男主人公，在彼得·布洛克拍摄的电影中由让-保罗·贝尔蒙多扮演，叫作肖文①。而让人暖和的红葡萄酒在这一文本中扮演了一个很重要的角色，恰如在玛格丽特的生活当中。她最初并没有注意到这一点，但当我向她明确指出来之后，她对我说："瞧，你还当真能看出点东西呢！"由此，在我看来，她对她的写作并没有一种很敏锐的意识，但她相反，有一种很强的富有激情的创造性。在这世界上，有一些作家很聪明，另一些作家则没那么聪明，但并非这后一类作家是最为平庸的。这之间似乎并没有什么必然的联系。但是，我还是不愿意让人们以为，普鲁斯特和福楼拜之类有意识的作家是更为平庸的。聪明和激情只不过是两个彼此并不重合的场域。

谈到《情人》的构思，那张并不存在的照片起到了关键的作用，尤其因为它绝对不真实。那是在湄公河的一艘渡轮上，那些渡轮在二十年代的样子兴许跟今天差不多，就是那种通过缆绳从一岸拉向对岸的平底驳船，每时每刻都像是马上就要沉陷，因为它们总是大量超载。她想象出这样一艘渡轮，在渡轮上，在一个勉强挤出来的空间中，稳稳当当地装载了一辆配有不透明的车窗玻璃的黑色豪华轿车，车里坐了一个中国的百万富翁。很显然，这就是空缺的照片，因为这个男人从来就没有存在过，或者不如说，他既不是中国人，也不是百万富翁，他也从来没有跟她睡过觉：那是一个纯粹的幻影。而这张空缺的照片将成为整个小说故事的组织者。更不用说，照片出版商还拒绝了这本书（他应该一辈子都在为此而后悔，因为这本书能赚几百万）。

后来，伊莱娜·兰东读了这个文本，觉得它妙不可言，便去对热罗姆·兰东说了，后者出版了这本书，但删除了照片，那些照片他觉得根本就没有任何意思。以至于在一个根本不带

① 原文为Chauvin，跟"热葡萄酒"（chaud vin）的发音一样，而且词形相似。——译者注

有一张照片的故事中，人们继续谈论着那张空缺的照片。就是说，谈论着空洞，它倒是故事的真正的中心组织者，它将在整部作品中，从开头一直到结尾，散布一种既滚烫鲜活，同时却又幻象重重，既十分真实，同时又完全是想象的氛围。杜拉斯的《情人》创造了一条怪异的道路，在公众中如此成功，使得那些幸运的少数人（happy few）认为它不应该是一本好书。与之相反，《昂代斯玛先生的午后》或者《劳儿之劫》倒是要好得多，虽说它们并没有什么读者……但是，这一说法是错误的。在《情人》这样一本书中，玛格丽特没有丢失她的一点儿力量，也没有丢失她那辉煌灿烂的文风……

因此，依我看来，故事中的这些空缺就是现代文学结构本身的构成性元素，很长一段时间以来都是如此，因为我引用的一些例子还是上一个世纪的，甚至是前一个世纪的。

7. 矛盾之美德

在一篇持续的叙事作品中，有两种可能的中断：空缺和矛盾。在矛盾中，没有空缺，但是突然间有了一种对立。

矛盾在人类精神史中的地位是相当摄人心魄的，因为，在希腊哲学中，尤其是在前苏格拉底哲学那里，矛盾的种种因素往往被看作思想的生成元素，而在现代科学中，矛盾确实就是一种正面的东西。而在近期的法国哲学史中，我们被教导说，矛盾是一种错误。我是在三十年代完成学业的，但是在一百年之前，一种哲学，黑格尔的哲学，就已经在大大地强调矛盾至关重要的意义了。对黑格尔来说，它就是人类进化的动力本身。只有靠连续不断的种种矛盾，人类的精神思想才能变化，才能进化，才能进步（因为黑格尔是相信进步的）。但是，一些无法解决的矛盾，我强调这一点是因为，十九世纪末期，当人们开始在法国翻译黑格尔时，他的矛盾体系在当时被大量删减并简化成了著名的正命题、反命题、综合命题。我们被教导如何按照这一模式做出法兰西式的组合来，用最终的综合命题把种种矛盾聚合到一个安宁的和谐体系中。然而，在黑格尔那里，矛盾是不可简化删减的，在正命题和反命题之间不可能有综合命题：那是两个矛盾的极点，从中只能生出一些矛盾的力量，互相之间不断斗争。然而奇怪的是，尽管黑格尔的思想已经存在快两个世纪了，今天在我们的文化中却还有一个很局限的理性主义的基础，总是让人们去避免矛盾。而且，这一点也是与卡尔·马克思的著名观点相违背的，马克思说过如下一段最有名的话："阶级斗争是历史的动力。"假如各个阶级互相之间没有斗争，那么很简单，历史就将停止。

黑格尔已经说到了历史的终结：对他而言，连续不断的矛盾会导致某种东西。由此可见的兴许是他作为基督教徒的精神侧面：会有那么一天到来，标志着历史的终结，那时候一切矛盾都将停止（然而他却始终认定，矛盾就是生命本身）。在黑格尔的理论中，矛盾一方面是人类种种利益之间（主人与奴隶，等等）的斗争，而另一方面也是劳作，就是说，是人与自然之间的斗争。他想象，会有那样一个阶段到来，他还很不幸地给出了日期（太不谨慎了，太不谨慎了！），那时候，不仅是劳作，而且连斗争都会停止。所有的冲突都将被克服，劳作也将达到终点，就是说，人将彻底地统治自然。人定胜天的日子也会随之到来，比如说，科学会变得能够阻止地震。这一黑格尔式的乐观主义今天在我们看来完全就是陈旧不堪了（也许对福山先生除外），但是从整体来说，黑格尔的作品依然还是惊人地很现代。不是在课堂上学的那位黑格尔（正命题、反命题、综合命题），而是这样的一位黑格尔，正相反，是通过亚历山大·科耶夫的阅读——这一阅读还经由了雷蒙·格诺的转录——而在法国得到广泛流行的黑格尔。

在正命题和反命题之后，第三轮运动，就是黑格尔所说的扬弃（Aufhebung）。德语动词 aufheben 无法译成法语，因为它既要说明"灭弃"，又要说明"高扬"。这是向另一层面过渡的一个过程，到了新的层面上，矛盾并非解决了，而是被超越了。雅克·德里达建议采用"relève"（重升）一词来翻译 Aufhebung，但是我想，这一选择并非太靠谱，因为消解的概念并没有在这个词里体现出来，它消失了。Aufhebung，毁坏，但同时又保留，而且超越。

由此，这些矛盾在文学中被看作是一些错误。巴尔扎克笔下有这样一个人物，在《人间喜剧》的某一篇里他有一双蓝色的眼睛。而当他在后来的一部小说中又出现时，他的眼睛变成了黑色。巴尔扎克非常相信面相学，就是说，很相信人的性格特征就体现在面相特征上。比如说，眼睛的颜色，就很能够说明问题。蓝色的眼睛，尤其是浅蓝色的，就是一种开放性格的符号，而黑眼睛则相反，表明一种阴郁和焦虑的性格。这个人物，慢慢衰老的过程中变得有点忧伤，于是他的眼睛就变成黑色的了，这倒是很让人动容。但是，从巴尔扎克的角度来看，毕竟是一个错误。

在卡夫卡的《城堡》中，情况就不同了。在叙事的某一时刻，土地测量人 K 决定，他得回家去了。他觉得，对一个结了婚的男人来说，那么长时间地远离自己的妻子和孩子们是不太好的。然而，隔了十来页之后，他说到自己是个单身汉。我想，在一个巴尔扎克的文本中，这样的矛盾会是一个错误，但是在卡夫卡的一个文本中，在除了文本就没有任何现实的卡夫卡作品中，矛盾的影响完全不一样。人物不是任何别的样子，只是文本所说的那样。由此，他可以在某一时刻是单身汉，另一时刻就结了婚。这不是巴尔扎克意义上的“性格”（caractère）。在英语中，character 可以既指性格，同时又指人物，但是卡夫卡的人物却根本不是一些“性格”。那是一些词语的人物，由文本逐渐地创造出来，他们身上拥有文本的种种矛盾。我就拿 K 的单身汉状态作例子，因为，恰好，单身汉的问题无论在卡夫卡的整个作品中，还是在他的生活中，都是意味深长的。在卡夫卡的《日记》中，有一天他只写了这样一句：“西西弗斯是单身汉。”人们看得很清楚，这意味着什么，但是同时它又很难作出别的解释。这确实是他的问题：是或不是单身汉，这是个问题。K 这个人物的其他性格同样也像是逐渐虚构成的。另外，在巴尔扎克笔下，当一个人物进入故事叙述中时，他已经有了一段过去。就是说，他参照的是在小说开始之前就已经存在的种种元素。与之相反，当卡夫卡的《城堡》的人物出场时，是文本催生了他。他来到了森林中，他想到达城堡，人们能猜想有城堡，但人们看不到，应该是在树林中间，在小山岭的顶端。人们绝不会对你说他是从哪里来的，也不会告诉你他究竟是谁。他没有姓名，他只是叫 K，是作者姓名的第一个字母，人们有这样的感觉，他面对任何的可能性是彻底敞开的。他就在那里，带着他的自由。他利用种种完全陌生的情势元素，比如他的职业。旅店主对他说："人们等待的那位土地测量员就是你吗？"他回答说："是的，是我。"实际上，小说中没有任何的细节能证实，他就是土地测量员。他没有带工具，他也没有带助手。他声称在等他们，但他们始终没有到，而人们给他派过来的那些人，看起来更像是警察，而不是土地测量员。简单一句话，他嵌入在那里。在这一语境中，种种矛盾将不再是错误，而是相反，将成为叙事进展的开端。

这些矛盾动力源在现代文学和电影中都在成倍地增长。我本人也执导过一部电影，叫《撒谎的男人》，大量地利用过种种矛盾，由此，在作品的制造过程中，逐渐地创造出人物，跟卡夫卡的做法有一定的内在联系。完全如同《城堡》中的 K，他来到森林前猜想那城堡就在高高的山岭上。乍一看来，他不从任何地方来，也不知道他要去哪里，然后他决定去那儿，完全就像是他发明出了自己。同样，《撒谎的男人》的一开始便是演员让-路易·特兰蒂尼昂的出场，衣冠楚楚，穿正装，戴领带，奔跑在分隔斯洛伐克和乌克兰的广袤森林中，而我就在那里拍电影。他被几个德国士兵追赶着，他们很像是占领军的士兵，但他们衣衫褴褛，恰如特兰蒂尼昂的反面。这是一个抵抗分子吗？不管怎么说，他穿了一身平民的服装，遭到德国士兵的追捕，他们则举着手枪，端着冲锋枪，还有机枪，很快地，枪弹就落在了他的周围。他的追击者采用了越来越强硬的手法来围捕他。人们不知道他们为什么要抓他，人们感觉到，连他自己可能也不知道是为什么。他在那里，他被追捕，这就是当代文学中或当代电影中人物的境遇本身。他终于被一梭子机枪子弹打死，一头栽倒在地。这是一大清早，他可能会醒来，似乎他一直就睡在那里，穿着那一身整整齐齐的套装，躺在荆棘丛生的地上。他渐渐地醒来，天色亮了，他抖了抖上衣和长裤，开始说起话来："我要给你们讲我的故事。"这个故事似乎极为模糊。他这样开始："那是一片森林，有种子飞舞在风中……"人们似乎觉得，他正在寻找着什么，而不是记忆被隐藏了一部分：倒更像是他正在逐渐地发明出自己来。确实，在电影推进的过程中，他将重新捡起他的故事，带着种种的矛盾，种种的两重性，种种的空缺，而尤其是由这一或那一事件所规定的种种的布景变换，它们往往跟他刚刚讲述的东西大相矛盾。尤其是，比如说吧，在他来到村庄的那一刻。故事展开的那些地点很像是卡夫卡《城堡》中的地点，主要地点是城堡，尤其是他正在一路走向的旅店。在画外音中，他说他是路过的一个无名者。随着一个刻意笨拙的推移镜头，我们看到了他，我们观察到村里空荡荡的。然后，他走进了小旅店，他说里头没有一个人，而实际上却坐满了人。渐渐地，他发现这个村子里的人在等某个人，一个在德军占领期间失踪的抵抗战士。观众由此推论，故事发生在占领期间之后，村里的这位英雄人物失踪了。

在这一剧本的写作中，我很可能多多少少有意识地受到了博尔赫斯一个文本的影响，那部作品叫作《叛徒与英雄》[①]，其中的主要人物既是个叛徒又是个英雄。我曾经受斯洛伐克方面的邀请在塔特拉山区拍摄一部电影，我跟共产党的一位代表一起，漫步于那里的一个个村庄。我们看到一座座烈士纪念碑，碑上镌刻了死难者的姓名，都是那些村庄的英雄。那位官员对我说："当然啦，在那些名单中，也有一些叛徒，所有人都知道

① 豪尔赫·路易斯·博尔赫斯，《叛徒与英雄的主题》，收录于《杜撰集》。

的。”于是我就问他，为什么还要把他们的姓名留在纪念碑上，他回答我说：“出于一些政治理由，因为，必须使得那些人成为英雄。”这兴许与获取政权有一种关系……在作为英雄而牺牲的死难者的纪念碑上镌刻有叛徒的名字，这样的一种想法曾经折磨过我，激发我创作了电影人物，在村庄里东游西荡，他很显然是一个骗子，试图进入到主人公的故事之中。此外，先是在他去城堡的时候，后来又在村里一些其他地方，他看到了真正的主人公的照片，而由特兰蒂尼昂扮演的主人公也将出场。他挣扎在自身的矛盾中，他反复多次讲述自己的死亡（他是如何被德国人枪杀的，他是如何自杀的），同时他在跟一个幽灵作斗争，即主人公的幽灵，有时候主人公似乎真的就出现在了附近。特兰蒂尼昂扮演的人物兴许也在追寻自己到底是什么人。他不知道自己到底是什么，他什么都不是。在一部传统的小说中，他在正式入场之前就应该已经是什么人了，而在这里，他首先是入场，然后才追寻自己到底是什么人。他同样也在寻求社会的认可。

从这一点来看，这部电影跟克尔凯郭尔笔下的唐璜明显有所关联，这一人物选择自己的话语作为真理的基础，由此来对抗上帝的话语。这就是所谓的放荡者，莫扎特的唐璜也是如此。放荡者就是这样，他为了人的精神而与上帝打赌。上帝想要强迫我们成为他定义的人，而他事先就是信仰，是真理，而人类则相反，不断地尝试着从这一掌控中解放自己，成为一种自由的意识。他不仅有可能性，而且还有必要性，由他自己的话语，在每一刻创造出他自己来。放荡者就是选择用自己的话语来对抗上帝话语的这样一种人，而在我这部电影中，上帝的话语成了共产主义的话语。然而，能创造出自己来，这固然很好，但世界已然存在了，除了他自己之外，这世上毕竟还充满了其他的创造者。这就是萨特意义上的存在，是某个将确认自身的人的存在，肯定自己作为生命体，对抗试图“毁灭”他的种种敌对力量。

不光有对唐璜的参照，显然还参照了鲍里斯·戈东诺夫，那个谋权害命的篡权者沙皇。在普希金的剧中，以及在穆索尔斯基的歌剧中，戈东诺夫都是个伪沙皇，我记得，是他杀害了伊凡雷帝的小儿子，皇权继承者迪米特里。他就这样篡夺了政权，登基称皇，但是一直被杀死的皇子的幽灵追踪。普希金的整出戏，是由皇子幽灵对篡权者逐渐上升的复仇力量维系的，而篡权者则很快将遭遇另一个篡权者（在穆索尔斯基歌剧的某些版本中，这一点明显得到了强调)，后者宣称自己就是真正的皇子迪米特里，是从自己的坟墓中出来的。在《撒谎的男人》中，时时刻刻可以看到对普希金的文本的影射，例如那场著名的戏里，特兰蒂尼昂面对一个幽灵连连后退，观众是看不见这个幽灵的，只有他一个人能看到。他突然就倒在城堡里的一个姑娘身上，他对她说："你别害怕，这是我正在排演的一个角色，我是个演员。"在那一时刻，他真的是演员！

我想，《撒谎的男人》的这些情节发展根本不会让观众喜欢。因为一个人物应该存在于人们亲眼见到的事实之外，然而这个人物却是持续不断地处于自我形成的过程中。最终，他被返回此地的真正的主人公让·罗宾杀死，最后一次真正杀死，他重新以同样的方式倒下，姿态同样高贵庄严。然后，一切归于安静，他又开始说："现在，我要给你讲述我真实的故事，或者，至少，我要试图……"电影结束于一个新的开始，因为一个自由的人的建构是停不下来的，永远都不能被完成。它需要每一次都重新构成：每天早上，当我们醒来时，我们都有必要自我构成为自由的人类。每一天，重新。

8. 怀疑的时代

对我来说，现代小说是从福楼拜开始的，但是，当我下面说到狄德罗时，大家会明白，现代性运动实际上在巴尔扎克之前就已经开始了。

在现代小说中，文本看上去与它自身显得有些无法调和。这样一个概念可能会显得有些抽象，但被一个个空缺弄得破洞百出的文本充满了矛盾，也全靠了自身的矛盾而得以发展，它的协调性十分可疑。协调性取决于两个东西：一方面，表现的世界其协调性是可疑的，因为我们与世界的关系充满了空缺和矛盾。另一方面，是对读者的要求，要求他们抛弃太多的理性，理性只会揭露作家的差错，还有对读者的激励，激励他们参与到一种历险中，参与创建一个始终是废墟一片的世界。这一世界直到书的末尾都将不稳定，但从一开始起就在矛盾中自我创建，在整个文本中它都会动摇，最终将向其他可能的世界开放，就是说，向着另一位读者开放，他将会用不一样的方式来读它。我认为正是叙事中的这些内在矛盾最大限度地把普通读者与新小说分隔开来。因为这种怀疑已经不能像在《情感教育》中那样神不知鬼不觉地悄悄略过，正相反，它被如此指明、如此强调、如此突出，根本就躲不过去。人们只能以这种方式来读新小说，而读者则似乎还尚不习惯这一智力体操。

我小的时候，读刘易斯·卡罗尔远远多于读奥诺雷·德·巴尔扎克。有一点很显然，无意义的世界——恰如人们能在《爱丽丝漫游奇境》中发现的那样，刘易斯·卡罗尔很喜欢使用

“无意义”这一术语——对我来说，远要比在《欧也妮·葛朗台》或《高老头》中遇到的意义的世界——它是沉重的，令人压抑——更为生动活跃。我曾经问过我自己，我本身是不是在跟法兰西所特有的一种基本矛盾——凯尔特世界与罗马世界的共存——作斗争。我注意到，我的布列塔尼出身特别被人强调，我是在一个充满神灵精怪、变幻莫测、优柔寡断，显然还有幽灵亡魂的世界中长大的。而这，则完全是跟法语这一我所说的语言对立的。法语，多少像是西塞罗的拉丁语变体，建立在 ratio 即理性的基础上。此外，人们还夸大了法国传统的理性主义，当人们把笛卡儿当作体现理性本身的哲学家时，还是不够了解他。笛卡儿在《形而上学的沉思》第三部中写道：“假如我相当用力地梦想一个事物时，我醒来后就无法知道它到底是真的还是假的。”好一个令人赞叹的句子，因为它与笛卡儿精神恰恰相反，在笛卡儿的精神世界中，梦幻与现实是截然不同的两种东西。笛卡儿特别强调说，它们可能是不同的，只有当他相当用力地梦想，他才能感觉到它们是同一种事物。

然而，理性主义这一面，我想我是继承了古希腊古罗马教育，还有法国发展出来的诸如《民法典》之类的语库——使得一个意义只有一种表达，绝不会让这意义变得模糊或者矛盾。我能够背诵关于税收的法律条文：“据 1892 年 7 月 18 日法令第一条第一款，任何纳税人，凡能以一种正确引入的行为，对其所承担之税金的依据或份额提出异议者，那么，在设定能确保相当于所提异议之钱额的担保金的条件下，均可延缓缴纳相应数目的税金，假如，在其为自身之暂缓缴税之利而提起诉讼的过程中，法院对其提出审议要求时，他能明确底数，并固定其减免的数额……”这真的是一个很好的例子，这样的句子今天很多年轻的法国人差不多已经读不懂了，因为实在太复杂，由很多的从句构成，但那里头没有一个多余的词，仅仅只是文本，没有空缺，也没有矛盾。法兰西语言，同样也是法兰西精神。

然而，凯尔特的世界，更靠近于日耳曼的浓雾，将会跟诉讼程序的公正不偏产生绝对的矛盾。我觉得，成为一个矛盾的产物，对写作来说是一件好事。这会使它更加生动，不那么死硬，更为柔和灵活，更为开放。

当我开始写作时，人们在我的文字中很少看到亡魂和幽灵。人们倒更期待从中看到理性主义。《嫉妒》这样的书会被看作缜密严谨的绝佳范本，批评家们称作“一种几何学家的写作”。一个几何学家：这可是最高级的咒骂了！它兴许是一种几何学家的写作，但它是一种非欧几里得的几何学，人们应该很快就会发现。因为，这些当代小说的文本，我自己的那些书，还有我通常称之为新小说的东西，都是一些充满矛盾的地方。而且那些矛盾将成为文本的结构本身。就仿佛这里头有种种无法调和的因素，人们甚至可以使它们互相成双配对，是它们构成了文本，并非在一种稳定而持久的意义之中，而是正相反，在一种动荡、一种历险之中。读者们尚还不习惯这一切。

矛盾总是妨碍人，内部的斗争叫人难以应付。当然，在巴尔扎克的作品中，就已经有一些东西处于斗争中，主要是那些人物。这一斗争甚至经常组成小说的结构，例如拉斯蒂涅克与资产阶级世界的斗争。但是这些斗争，并不在文本自身之中：在一种更广泛的协调中是文本在解释它们。而在新小说中，情况正好相反，斗争产生于文本自身中，这就使得莫里斯·布朗肖说，这些文本就是世界得以产生的地点。世界本身就产生于这些矛盾和这些敞开。很显然，我认为，这就要求另一种阅读方式，而不是人们通常对待经典文学的那一种。首先必须有警觉的精神，尽量不按照什么指示来追随这些元素。

此外，我很想就此话题来举一个例子，那是在一本甫一出版就获得相当成功的书，而且，那本书看起来并不带来什么妨碍，然而它很好地解释了一些东西。这本书就是萨特的《恶心》。该书出版于战前，在1937年或1938年。它兴许不是一本伟大的文学书，或许无法与《包法利夫人》相媲美，但是它很让人来劲，因为它把现代意识的那些元素，把胡塞尔和黑格尔的思想都展示了出来。为什么这本书生逢其时？它在出版时受到了热烈的欢迎，赢得了如潮的好评。它的商业生涯被战争给打断了，尽管如此，它还是从死神面前挺了过来，之后又焕发出灿烂之光。这个文本没有妨碍人。然而，当我出版自己的那些书时，人们却断定它们无法被理解，我觉得这一点颇有些奇怪。我们根本用不着去谈论福克纳、卡夫卡或者乔伊斯，法兰西的学院派批评家不读他们，我们只说说那时候刚刚在法国出版的两本书就可以了，1938 年的《恶心》和 1942 年的《局外人》，这些东西就已经展现在了这两本书中。不过这里头还是有叫人放心的一点，即它们仍是以理性的方式讲述的。在《局外人》中稍稍缺一点，尤其是在它的第一部分中，已经有那么一点点达到了世界从中产生的地步。

从哲学角度看《恶心》走得更远，那么人们看到了什么呢？叙述者罗根丁，历史学教授或历史学家，从事对罗尔邦侯爵的研究。这个侯爵让我大吃一惊，我年轻时始终认为，这是一位历史人物。因为这位罗尔邦侯爵有着很强烈的真实感。然而，他却是萨特虚构的，用的是许多无法兼容的片段，确实是个天才的想法。历史学家对这一人物作着研究，收集了关于他存在的种种材料：他在莫斯科干了这个，在柏林干了那个，人们在曼彻斯特见过他，他还多多少少参与了对保罗一世的谋杀……罗根丁采集一个个片段，试图把它们按顺序拼接好。他在布维尔市的图书馆工作，而根据书中对该城市结构的描述，它的原型很可能就是勒阿弗尔，萨特本人在那里当过教师。罗根丁认为，当他把这一切材料井井有条地归纳好之后，一个形象就将出现，一个真正的巴尔扎克式的人物。与此同时，他对世界的体验令他迷失，就是说，日常的物品在他的眼中开始丧失了亲近感。“亲近”这一词用来与“陌生”相对立，在法语中并不是太合适，因为不是同一词源的，而在德语中，用来表示这种对立关系的这两个词，一个被弗洛伊德使用，另一个被胡塞尔使用，倒真正是正反命题。法语中的“*familiarité*”在德语中是*Heimlichkeit*，而“陌生感”则是*Unheimlichkeit*。*Heim*，意思是“我们的家”，这个人们能理解，根本就不是什么问题，而*unheimlich*，正好相反，指的是有时候突然出现的“另外的世界”。《恶心》的叙述者突然间就被*Unheimlichkeit*袭击：日常世界的简单物件一下子就丧失了它们的意义；尤其是，工具失去了它们的工具性。

在文本的一开始，罗根丁就说：“有什么东西已经变了。”他不知道那到底是什么东西，但是，确实有什么东西已经变了。他讲述了他对*Unheimlichkeit*的最初体验：他站在塞纳河河口的河滩上，看到有一些孩子拿卵石在打水漂；他就弯下腰，亲自捡了一块卵石来，准备打一个水漂，突然，他发现，手中的这块卵石不仅仅丧失了其意义，而且还变得有了侵犯性，就仿佛世界的这一物件突然间变成了某种叫人无法理解的危险的魔怪。他瞧着这卵石，这道目光将稍稍洗清它。他感受到的侵犯性是一种在他手中特别的触觉。于是他瞧了瞧它，说：“这是一块很普通的卵石，一面是干的，另一面有淤泥。”① 他把它给扔掉了。他回到自己家中，当他推开房间门时，突然，同样的感觉抓住了他的五脏六腑。然而，还有什么比我自己卧室的门把手更亲近的东西吗？我甚至连想都没有想过，但假如我开始这样想了呢……那到底是什么呢？再一次，他重又感受到了这一极其不舒服的物理感觉，属于触觉的。第三个物件，是自学者的手。这位自学者是故事中的一个重要人物，是对教育的某种戏仿。他是布维尔图书馆的常客，决定要按字母排列的顺序读完那里所有的书。他的知识止步于F，因为他还在读书名以这个字母起

① “卵石是扁平的，一面完全是干的，另一面则是潮湿的，还有淤泥。”

头的书。再一次，自学者的手变成了某种软乎乎的动物，随时准备抓住罗根丁，并把他吞噬掉。这一“非工具化”，也即亲切感的丧失，他以如此的方式感觉到了，以至于引起了身体上的慌乱，一种呕吐的欲望。

该书最初的书名叫《忧郁》，是加斯东·伽利玛坚持改掉书名的。就这样，《恶心》成功面世，因为，这里确实就是指恶心。罗根丁感受到一种如此强烈的恶心，他都得去治疗了。而他却并不去药房买某种治胃的药，而是去了图书馆，在那里借了一本《欧也妮·葛朗台》。他把这部小说的文本当作了良药，因为在这书中，世界及其亲切感依然完好无损。在接下来的篇章中，他邀请自学者共进午餐，他在餐馆里等他。桌子上有一个酒杯，兴许是我已经说过的卡夫卡笔下那个并不在场的酒杯，但是这个酒杯是存在着的，看到它后，叙述者大吃一惊，马上犯了一次恶心。这个酒杯，已经不是一个酒杯，而是我说不上来叫什么的东西了，使他在呕吐中摇摇晃晃、急急忙忙冲向他的包，从中取出《欧也妮·葛朗台》。我必须说一句，萨特对待巴尔扎克并不算很客气，因为他在这个地方复制的两页，真的是钢筋水泥。叙述者在抄写，而人们感觉到，这真的让他舒服了一点：《恶心》中，之前的所有句子都使用了现在时，突然间，跟在巴尔扎克的故事之后的句子都变成了历史过去时。仿佛这样就把他拉回到了真理与稳定意义的既成秩序中了。这两种历险，一方面，是针对恶心、针对世界意义的丢失的这一斗争，另一方面，对罗尔邦这一人物的那种反思，以相当灵活的方式安排到了小说情节展开的平行线上。具体的细节我就不在这里啰唆了，也不再给你们讲述《恶心》的故事了，但是，这确实是一本值得一读的书。

我在美国当过教授，在那里我讲授自己，但也讲授我的那些朋友们，萨特、加缪、杜拉斯、克洛德·西蒙，我注意到，美国的大学生们很能接受《局外人》，他们似乎很容易也很愉悦地阅读它，但是《恶心》就不行。我发现，从来就没有一个学生能带着某种愉悦来阅读它。实际上，《恶心》是对文学的某种致敬，一种陈述，而《局外人》本身就已经是文学了。如果说，萨特的小说受到了如此热烈的欢迎，那是因为它恰恰不是文学，它是一位教授对胡塞尔现象学的解释，同时也是对人类自由的解释。因为，在书的结尾，叙述者有了一个发现。他所找到的关于罗尔邦的一个个片段是无法兼容的。不可能把这拼图游戏的一小块一小块都放对位置，来重新构成一个稳定的并让人心安的形象。他说道："假如我做到了把这些小块放归原位，那就如同我把它们又杀死了一次。"假如这些矛盾是存在着的，那是因为他本身是活生生的。萨特关于自由的整个理论，即这样一个事实：活着有助于你在任何时候做任何事，既然人们是自由的（我甚至还相信，在某个地方他还说过，最自由的地方是监狱），从此，这一理论就赢得了它完全的意义。叙述者的发现对于他是根本性的，他最后决定放弃他的历史研究。读者会明白，正是因为他活着，罗尔邦才有一种如此强烈的真实效果。那些矛盾才是他生活的原动力本身，是他蠢蠢欲动、充满激情的那一面。在书的最后，罗根丁决定，他将不写一本历史书，而要写一部小说。而我曾想象着，这部小说将会是《弑君者》，我的第一本小说。不幸的是，事实并非如此，因为就在这时候，战争来临了。萨特开始后悔没能成为抵抗战士，他的自由开始以介入（而它恰恰是自由的反面）的形式表达了出来，同时他开始了写作，不是一本新小说，就是说，不是《弑君者》或《琴声如诉》那样的作品，而是《自由之路》，属于儒勒·罗曼的《善良的人们》一类的小说，在这部作品中，不同的人物表达着不同的东西。萨特的文学生涯从某种程度上来说已经结束了。

而且，还有更糟糕的呢，当他想跟这一生涯重新连接上时，他写了《词语》，是自传的开篇。菲利普·勒热纳，在法国研究自传的伟大专家，引用了《词语》作为现代自传的范例。我的观点却不是这样的。关于罗尔邦身份的效果越是真实，就越是没有任何人会相信《词语》中那个小男孩的存在。他被制造成一个纸箱子，用来表达萨特对其自身阶级即资产阶级的仇恨。我就从来没有跟这一阶级打过什么交道，但他却曾经打上了资产阶级的标记，打上了施魏策尔博士①的标记，等等。他对这个小男孩的仇恨从一个简单的事实中体现了出来，事实就是，那个小男孩是完全没法想象的。萨特的母亲在阅读《词语》时说："这个可怜的布鲁（她就是这样称呼萨特的）对他的童年一点儿都没有明白。"然而，我却不会说诸如此类的话。在我看来，他对自己的童年很是明白，他对它是完全彻底地明白了，可说是"钻透了其中的意义"，他也确确实实把它当作整个一生中都被彻底剥夺的某个东西。我会说，现代自传中最漂亮的作品，是夏多布里昂的《墓畔回忆录》，因为作者在里面不断地撒谎、自相矛盾。

① Dr. Schweitzer（1875—1965），法国神学家、哲学家，是萨特母亲的表亲。——译者注

9. 秩序与混乱

我清楚地记得，《撒谎的男人》刚公映之时，批评家和公众都说，这不是一部好电影，因为他们无法弄明白，主要人物什么时候在撒谎，什么时候又在说真话。然而，这恰恰证明了公众对基础的不理解。电影的片名叫《撒谎的男人》，但是说到底他并没有撒谎，他只不过是每时每刻都在用他自己的话语发明创造出他自己的存在。这种话语是能创造意义的，他可以说出一个东西，然后又说出它的相反物，但我们得在这些蜿蜒曲折之中追随他，就仿佛那是一种纯粹的生存自由，不以任何别的方式活着，而只靠他说出的话而活着。也正是因为这一点，我多多少少把这个故事置于唐璜的庇护之下。克尔凯郭尔对唐璜曾作过长篇分析：兴许，唐璜是西方文学中第一个选择自己的话语而不是上帝的话语来作为世界真理的人物。这就是所谓的放荡者。

在文学中，这种立场就更容易分析了。例如，我会想到一本类似《嫉妒》的书，《嫉妒》的出版引来了人们对客观性的一番大争论。但是，批评界提出的这个问题本身就不对。“客观”（objectif）一词是由罗兰·巴特最先提出来的，在他写的一篇关于《橡皮》的著名的文章中，文章题目是《客观文学》，这也是关于我的小说写作的第一篇有意思的文章。他在文章之前用小号的字体引用了《利特雷词典》的一个词条：“*Objectif*：转向物体。”很显然，这不是“客观”一词的通常意义，而是用于摄影中的意义，它指的是将摄影镜头转向人们要拍摄的主体。或者，又例如，在一种显微镜观察中，将目镜转向眼睛，并且将物镜转向观察对象。在日常语言中，objectif 一词意味着“中性”“不偏不倚”。转用到文学中，说的就如同作者不在场似的。然而，批评界的文盲并没有认真读巴特的文章，就给出了这个词通常的含义，而巴特本来的意思是要说明，《橡皮》总的来说涉及的是胡塞尔的意向性，因此，那是一种主观的但又转向了客体的文学，与传统的文学正好相反，因为传统的文学是转向意识的。

这一误会持续了极长的时间，而且至今仍在持续着。人们以为，罗伯-格里耶想让他作品中的作者撤离。这是一种彻底的无意义，尤其是假如人们阅读时带着这样的问题：为什么始终选择一个疯子或一个杀人者作为叙述者？他能提供一个客观的叙事吗？更确切地说，这种故事很疯狂，却在转向物体。在我的书中，物体具有如此的韧性，如此的重量，人们会相当注意，而在巴尔扎克的作品中，人们就不那么注意了。在巴尔扎克的作品中，物体完全渗满了意义，吸收满了意义；那里的风景首先是忧伤的或欢乐的，然后才是绿色的或黄色的。于是，文学爱好者读到的，是一些意义的特点。但对出现在我的小说作品中的世界的那些物体，任何的人类意义似乎都是不存在的。阅读后会得出如此结论：物体就是一些自在的东西，这些朴素的文本只是说明了物体难以钻透的真理。可以很快就发现所谓的客观性的荒诞。可以从此就不再说我是一个客观的作家了，而是说，我想变得客观而没能成功。这里头已经有了一种更加有趣的想法。总之，这才是走在正确的道路上。安德烈·布勒东说过，超现实主义就是这样的地方，种种相反的东西在这里不再互相对立。同样，也确实可以说，一本像《嫉妒》或者像《窥视者》的小说，已经是一本客观性和主观性在其中并存、彼此不兼容、没希望综合的小说，因此，人们只能够走得更远：

Aufheben（扬弃）。两个矛盾体，两个绝对对立的叙述极点之间的斗争，在这里是显而易见的。主观性与客观性这一对立恰恰就是此类叙述的矛盾的原动力之一，而我注意到，这在我的学生中有时行不通。当遇到一些文学的狂热爱好者时，这一动力能被感觉到，而对别的人来说，主观性和客观性无可救药地彼此对立，根本无法聚合于一体。

对于秩序与混乱，也是一样的道理。《嫉妒》同样也可以被读成是一部围绕着秩序与混乱这一基本对立而组织起来的作品。在克洛德·西蒙的一部作品中，《草》或者《弗兰德公路》[1]，他引用了保尔·瓦莱里的一句话作为题铭："两种危险不断地威胁着世界：秩序与混乱。"这是一个美妙的句子。此外，瓦莱里也因为题为《原样》的文集中的种种反思，被当作新小说的先驱者之一。说真的，他并不那么喜欢小说，因为他相信，小说中只能写出这样的句子："侯爵夫人五点钟出了门。"但是在这之外，他是关于现代性的思想者之一。

就这样，秩序与混乱，两种危险不断地威胁着世界，但我能做的，就是写一本书，让秩序与混乱在其中作斗争。《嫉妒》的叙述者是一个殖民者，一个离开了故国的欧洲人，开发着一个所谓蛮荒的或者说野蛮的地域。我们法国人，都是被殖民者，而这是一个很重要的定义。之前，我回顾了我自己的就学过程中凯尔特性和罗马性之间的这一斗争，而在《嫉妒》中已经可以看到这点。在高卢，罗马人规划了纵横交错的道路，以及四四方方的领土。如今，这样的道路依然存在着，不仅在布列塔尼，而且在苏格兰，甚至包括哈德良的长城。殖民在非洲扮演的角色，其实也一样，就是建造起道路网并且种植庄稼，而常常倒是当地人来收获成果。这也正是《嫉妒》的叙述者所做的

① 实际上是克洛德·西蒙的另一本书《风》，副标题为《一个巴洛克风格的祭坛装饰屏的重组尝试》。

工作。他在小说中并不在场，他从来就不说“我”，也不说“他”，但是讲着外部世界。他的意识彻底转向了外界，他从来就不观察他的内心。借用巴特的一个说法，他“讲世界”，巴特的说法明确指出现代的文本不是讲到世界，而是讲世界。是世界本身被讲了出来，这里，动词“讲”用了及物的方式。这个叙述者，头脑中始终萦绕着一个想法，就是让秩序复归统治。他投身于一些十分奇特的活动，例如数种植园里的香蕉树。为了做这个，他始终站在房屋的平台上，一个我居住过的房屋(我曾在香蕉园工作过，我从来就没有看到过有任何人数香蕉树的)。在小山岭的半山腰上，面对着能俯视一片河谷地的大平台，河对岸有一些小块田地，并不真的是四方形的。这对一个殖民者来说，实在也太可气了，因为直角交叉的阡陌小道应该分隔开那些田块，让田地呈现为整整齐齐、四四方方的样子，然而，现在情况却不是这样：有些田地是梯形的，另一些则因地层的关系是底部内曲的梯形，总之，一种混乱的景象开始在这个种植园中生成。

香蕉树种植成了梅花形，整齐的行列，而梅花形有这样一个好玩的特征，可以把排列看成是平行的或是垂直的或是斜向的线条。假如坐火车穿越为酿造博若莱红酒而种植葡萄的园地，就会看到排列成行的葡萄树，一会儿是一个方向，过一会儿突然又变成了另一个方向，但依然还是整齐的行列，因为葡萄树是不会挪地方的，即便是老藤，把它们种在哪里，它们也会一直长在哪里。不幸的是，对叙述者来说，香蕉树是会挪地方的。那实际上不是一种树，更像是同鸢尾一样柔软的植物，需要六个月时间生长并结果。结出果实后，就把它砍掉，不仅仅砍掉果实，而且还砍掉香蕉树，不然树也会死掉，然后，就任凭一个新枝从根部再长出来。因为，香蕉树的根茎就如鸢尾花的根茎，是会自己长出新枝来的，与原来的植株多少会有些偏离，或左或右，或前或后。这样，几年之后，香蕉树就完全不在早先的位置上了。再也没有什么梅花形了，因为，人们早已被引导着按照新的标准选择保留一些新枝，而不是强调队形的整齐：一方面，要看新枝的长势，另一方面则要看它的年龄，总之，要考虑时节。经验证明，当市场上出现草莓和樱桃的时候，香蕉就不怎么卖得动了，人们就更愿意选择那些预计能在好季节里收获果实的新枝。而这个倒霉的殖民者，秩序的化身，就在那里跟最糟糕的混乱较劲，而这一混乱在他身边的物质体现，首先就是香蕉树的挪动，它们跟始终原地不动的葡萄树和苹果树不一样；其次，则是殖民地这一充满敌意的世界。

这个世界是敌视他的理性的。比如说，在赤道的烈日下，根本就没有季节之分。在西方人的农业中，一年中的四季扮演着一个十分重要的角色。耶稣说过，“有一时节用于播种，有一时节用来收获”。但在赤道地区，却不是这样。人们可以整年里都播种，整年里都收获。季节的这种消失，本身已经就是一种混乱了。而且，还有黑人们所操的那些特别难懂的语言。在我曾生活过一段时间的几内亚中部，有一件事情非常奇怪。种植园是由一些夫妻经营的，学习当地基本语言较快的总是女人。说起来，这并不是一件简单的事，因为当地至少存在彼此很不相同的三种语言：苏苏语，是海岸低地地区的人的语言；马林凯语，是山里人的语言；还有达荷美语，是来自达荷美的工人所操的语言。在其他的殖民地，人们很愿意招收达荷美农业工人，因为他们勤劳肯干。殖民者的女人总是能很快跟当地人打成一片，互相听得明白，这一点是必需的，被殖民者是不学法语的，而他们中却会出一些仆役人员与殖民者打交道。至于殖民者，他们是不学当地语言的。然而，原以为他们会学一学的，以便能与他们的工人交流，但是，他们却局限于，甚至还乐于停留在一种对当地人语言的彻底不解之中。这也是一种混乱，尤其是因为，那些语言不是源自拉丁语，根本就不跟我们的语言以相似的方式运作。

因此，人们读这部作品时有这样的感觉，每时每刻，叙述者都沉湎在这一秩序与混乱的斗争中。他几近绝望地尝试维持秩序，但是混乱始终占据着上风。我相信，在《嫉妒》中，这一斗争是很清楚的，一目了然的。在它出版后的一年里，尽管我当时已经是小有名气的作家了，但是在全世界的所有法语地区书一共才卖出四百五十三本。也实在有些太少了！我被人认为是完全不可读的作家，因为在小说中互相斗争的这些矛盾力量很难被人感觉到。我还可以谈谈男人与女人之间的矛盾。在《吉娜》中，我以玩笑的名义化用马克思的说法，写到性别之间的斗争是小说的动力。在这本书中，这一点是十分明显的，女人是精怪，而男人则是常识、严谨、理性的化身。女人并不真的是人类，因为她们站在魔鬼那边，这样一个概念，从《旧约》起就一直存在，而且在中世纪得到了广泛的传播。甚至还举出了种种例证，例如月经周期，就依据着月亮这一灰暗星辰的运行节奏。男人是随太阳的，女人则是随月亮的。这一类愚蠢不堪的例子数量众多，而且大行其道。米什莱就特别强调过，历史上烧死的女巫数量大大地多于男巫，因为女人往往喜欢与魔鬼立约。我自己就采用过这类的陈词滥调，尤其是在《欲念浮动》中，而这部作品则多多少少是对米什莱的《女巫》的一次再度书写。

我再强调一下，我们在阅读时应该多考虑这些对立。并不存在一种唯一的力量引导你们走在一个方向上，而是有多种力量在不同的方向上，而你们作为读者，应该同时感觉到这些彼此作斗争的、永远不会妥协的不同方向。在《嫉妒》一书的结尾，人们始终不知道在邻居与男主人的妻子之间到底发生过什么，不然的话这本书就会按照一个完全令人放心的三角模式来构思了：丈夫、妻子和邻居，即可能的情人。但是没有什么是确定无疑的，一切始终是可能的，而客观性则被幻影破坏了。在房子内部，一面墙上有一只被捏死的百足虫，确切地说，是一只蜈蚣，而这只虫子让年轻女郎害怕。它有时候只有三厘米长，而另一些时候，它又大得如同一个菜汤盘。这只蜈蚣的尺寸，还有它的跑动——因为它时时刻刻都在跑动之中，同时又被捏死了——是跟任何一种客观性的概念绝对相反的。这样一个对象在这时被幻影扰乱了。连我自己都无法说出这只蜈蚣的尺寸，它可以是任何可能的尺寸，就如胡塞尔会在笛卡儿之后说的那样。

*

（在第九次广播的结尾，阿兰·罗伯-格里耶朗读了《嫉妒》的第 30—37 页。）

10. 双重化的趣味

在上一次节目中，我们谈到了叙事的内在冲突，那些往往成双成对出现的无法兼容的极点：主观性与客观性、秩序与混乱、男人与女人……我们都看到了，这些冲突在叙事中是如何作为动力而有所作为的。我说的是作为动力，这根本就不是抽象化，而是写作的物质动力。我记得，我早期的那些小说，如《橡皮》《窥视者》，在动笔写作之前就已经对小说有了一种整体想法。我头脑中已经有了某种粗略的提纲，有时甚至还写在了纸上（写作《橡皮》时，我有卡片为证），而这一提纲，尽管没到神圣的境地，却将持续地引导我。然后，从《在迷宫里》，甚至从《幽会的房子》之后的那些作品则是越来越明显了，我往往很偶然地就出发，只凭着一个简单的但带有冲突性的出发点。此外，我很惊讶同样的转变也存在于我的新小说伙伴们的作品中。工作中的这些冲突不仅创造出写作，还创造出了人们所谓的情节，而我们另一些大学学者则称作叙事。这是一个从亚里士多德那里借来的词，意思是："小说中谈论的那些声称在现实中发生的事。"当然啦，当叙事涉及我自己的作品时，或者甚至是卡夫卡的作品时，它的定义是值得商榷的。

这些冲突本身由此构成写作、创造性愉悦和故事的动力，而故事正是通过这些冲突讲述出来的。这种手法的结果之一很快就将显露出来，那就是双重化的现象。叙述的各种可能性（或者叙述冲击）之间的那些分歧、那些矛盾和那些无法兼容的差别，将很快地重新提出文学结构的这一重大问题：差异和重复。假如我们要想了解贝多芬的一部交响乐或者瓦格纳的一部歌剧——那就更不必说了——是如何运作的，那么这确实是最基本的定义之一。

重复，确实是重复，但并不一定原封不动。一些东西是在重复，但带上了种种差异。比如，人们若是想要嘲笑《嫉妒》，便可以说，那里头什么都没有发生，只有一些人自始至终地在露台上喝着同样的开胃酒，掺了百悦汽水的白兰地。当时在非洲，人们还不喝威士忌，而是喝掺百悦汽水的白兰地。这种开胃酒已经消失，尽管百悦公司尝试着再度投放，白兰地制造商们也做了同样的推广。百悦汽水掺白兰地当时是在整个非洲喝的唯一的开胃酒。三个人喝着开胃酒，始终是一模一样的场景，一模一样得使我们那位正直的批评家埃米尔·昂利奥在他载于《世界报》的文章中写到，他觉得好像收到了一份有缺陷的样书。他还以为，印张在装订时掉落了，重新放回去时又弄错了次序，结果，很可能，有好几次，相同的书页来自不同的样书，在他看来，唯有这样才能解释，为什么小说中一遍遍展开的都是相同的场景了，尽管其中带有一些异变，情节本身却没有丝毫进展。而实际上，情节是在进展的，但他没有意识到：在一个重复的体系中进展，而种种的重复同时又有异变，渐渐地，一开始的种种元素发生了巨大的变化。在当时，这一点特别引人注目，同时，显然也被错误地阐释。关于新小说，普遍传播的一种说法是，一方面，那里头什么都没有发生，另一方面，总是同样的东西。实际上，批评家们并没有发现，写作中有一些运动，最终后天地变成了一些叙事事实，却是由写作产生的。

在带有差异的重复现象中，很快就出现了我说的双重现象。这一术语在文学中已经不算新了，在我自己的作品出版之前，人们就已经遇到过了。陀思妥耶夫斯基写过一部小说，书名就叫《双重人格》。陀思妥耶夫斯基的心中始终萦绕着分身的概念。此外，在他不少的小说中都出现了双重现象，在小说中发挥必要的作用。同样，在更近代的一些作家中，例如博尔赫斯和福克纳，分身显然是叙述的组织者之一，尤其是在纳博科夫的作品中。我对弗拉基米尔·纳博科夫有一种极大的敬佩之心，我认为，他是二十世纪下半叶最伟大的美国作家。他的几乎所有作品的基本主题就是分身，包括《洛丽塔》。《洛丽塔》中的叙述者叫亨伯特·亨伯特，名和姓是相重的，被另一个恋童癖男人跟踪，后者试图取而代之，并最终骗走了洛丽塔。随后就是一部穿越整个美国的公路电影，而在这部公路电影中，亨伯特·亨伯特跟踪着那个从他怀中夺走了他所爱的小姑娘的男人。他住在那个男人住过的汽车旅店，每一次，他都看到，仿佛是他自己曾经经过了那里，因为另一位签署的是他的姓名，亨伯特·亨伯特。

这一双重化，在纳博科夫的所有小说中都非常含蓄地存在着，直到《爱达或爱欲》，当然，也包括了《微暗的火》。纳博科夫告诉我说，有自传的成分，这让我感到巨大的惊喜，因为在我的作品中，也是这么回事。当我还是个少年时，我有时候会看到我的分身。这应该在我七岁的时候就开始了，随着青春期的到来而消失。心理学家们说，这是很常见的。相比丁女孩子，发生在男孩子身上要更多一些。当时，人们安慰我母亲说，她根本就用不着担心什么，就是比起我的梦游发作来，或者比起我反向写字的做法来，也没有什么大惊小怪的。要知道，当我开始一笔一画地写字时，人们只能通过一面镜子的反照才能读明白我写的是什么句子。这些在神经质的孩子们中间都是相当平常的事，在十分宁静的外表底下，我却是极其神经质的。

在《反复》中，不少场景都是纯粹自传性质的，例如海滩上的小男孩那个场景，他突然看到了自己的分身出现在面前。而我自己，后来，在身体特别疲惫的一些阶段，我又看到过我的分身，例如在韩国的一次旅行期间。我清楚地记得，当时我跟我的妻子共同决定不坐飞机去那里。于是，我们就乘坐穿越西伯利亚的火车作了一次距离非常长的旅行，下了火车后，又乘船从纳霍德卡港到横滨，然后再坐火车从日本北部到南部，再然后又坐船从下关到釜山。在釜山，应该有人等着我们，开车把我们带到首尔，而我们是受韩国官方的邀请去首尔访问的。对当时的我来说，受到政府的邀请是常有的事，当时，很多国家还没有签署《伯尔尼公约》，我只能抱怨，我的作品虽然得到了翻译，但是我自己无法拿到版税；于是，人们往往通过邀请我访问作为对我的经济补偿，也正是这样，我访问过萨达姆·侯赛因统治的伊拉克，因为我的书被译成了阿拉伯语，在巴格达出版。到达韩国时，我已经筋疲力尽，我必须承认这一点。乘坐穿越西伯利亚的火车旅行一点都谈不上舒适，尽管它叫作卧铺列车。每隔三天就得换一次火车，好在旅馆里稍稍洗一个澡，而旅馆条件也很简陋。

就这样，我们在釜山下了火车渡轮，我在港口四下打量，寻找接我们的人。那里有一种像是露天的咖啡馆平台，有一个家伙坐在一把扶手椅上，正在读一份《世界报》，报纸大大地摊开，遮住了他的脸，以至于我只能看到他的头发。我心里说："瞧，等着我们的人应该就是他了，而这份报纸就是暗号，好让我能认出他来。"我根本就没有告诉身边的妻子卡特琳娜一声，便悄悄地走向了他，刚走了几步，他恰好在这一时刻放下了报纸。我看到了他的脸：那就是我。儿童时代的那种感觉再次回归，我就面对着我自己，对方正在瞧着我。那家伙一脸惊讶的表情，兴许隐约还有点嘲讽的味道，但这一切发生得很快，因为卡特琳娜已经过来挽住了我的胳膊，对我说："走吧，他们就在那儿。"韩国人正等着我们，边上停了一辆黑色的豪华轿车，暗色的车窗玻璃，窗内小小的白色花边。于是，我彻底忘掉了我的分身。但是，当时那一瞬间，我确确实实看到了他。我根本就想不到，会有某个人竟然长得跟我如此相像，我认为，那一定是在某种幻觉或者某种疲劳的打击下产生的幻象，短短的几秒钟而已……幻觉的持续时间是很难说清楚的，这就跟睡梦的持续时间一样。很多人认为，梦是快照一样的东西：尽管它像是持续了一段时间，但在现实中只是一瞬间。

后来，我得知纳博科夫也看到过自己的分身。他对我讲过，那件事发生在牛津，就在河边。博尔赫斯也看到过他的分身，那时候他还没失明。纳博科夫和博尔赫斯都很平静地谈到了它。对他们来说，这一点儿都不可怕，几乎就是再自然不过的事。然而，分身是文学中的一大题材。我已经引用过陀思妥耶夫斯基，以及几位现代作家，但它同样也是德国浪漫主义文学的基本题材，德语中叫 Doppelgänger（二重身）。分身在作家的想象中扮演了一个角色，兴许，还在所有人的想象中呢。

在我的作品中，这一题材由于组织叙事的差异与重复的体系而得到加强。以至于在我最近的一部小说《反复》中，叙述者有了分身。作品中，出现了相当数量的自传性故事情节。人们会认出那个在海滩上的孩子的故事，还有那个在车厢中放下报纸的旅行者的故事，这就是韩国旅行的那一段回忆。这些分身互相之间作着斗争，从写作的角度来看，显然很丰富。我想，阅读《反复》对读者来说意味着某种困难，因为我的书原本就不被人认为是很简单的东西，更何况，在这里，在双重化的种种元素中，还包括了叙述者，那个自称为“我”的家伙。他也一分为二，人们很快就发现，这两个叙述者，一开始还很相像，接下来可就互相争斗了起来。

实际上的表现方式，我还得在这里再讲两句：第一位叙述者是一个秘密警察，负有一项使命，而如同很多秘密警察那样，他不知道这一使命具体是什么。他被派去做事，但他不知道要做什么。这可能有些卡夫卡式的夸张，无论如何这是绝对真实的，因为人们对很多密探都隐瞒了他们的真实使命，尤其是在柏林处于混乱之中的那一时期。小说的故事发生在 1949 年，柏林正处在那个时期，全世界的秘密警察都虎视眈眈，彼此暗中较劲，处于十分明显的动荡和怀疑的状态中。

当时，有一些非常出名的大间谍，人们根本不知道他们到底在为哪一家效力。例如，著名的佐尔格，他主要在日本活动，但人们从来都弄不清楚，他是德国的、日本的还是苏联的间谍。当伊夫·希安比拍出一部名叫《你是谁，佐尔格先生?》的电影时，他似乎掌握了解释权。因为，在电影中，如果不给出一个最终结论，观众是肯定不会高兴的，于是乎，在电影的结尾，观众真的就知道了佐尔格到底是在为谁效力。但是，实际上，没有人能确定，就好像永远都不会有人知道究竟是谁杀死了肯尼迪总统，因为是一段真正的历史。真正的历史故事往往更像是新小说，而不是巴尔扎克式的小说。所谓的巴尔扎克式的现实主义，是一种假的现实，某种宽慰人心的东西，在其中，人们最终会明白一切，就如同在希区柯克的电影中那样，某些人在电影的一开始总是兴致勃勃，总想弄明白一直没弄明白的东西，直到希区柯克老爹最终穿着他的大鞋子来到……在电影《迷魂记》中，只要人们一直都不明白，一切都无与伦比，都是真实的，但是，等到人们最终开始明白了什么时，等到希区柯克式的精神分析（必须说一句，这种精神分析还属于最基础的一类）为人们解释出一切时，情节就失去了所有现实性。真实就始终是有问题的。这是观众不愿意看到的，因为它让人不安，让人睡不着觉。他们更希望能吃下一片安眠药，好让一切重新变得平稳和安宁。

在《反复》一书中，叙述者讲到，他在艾森纳赫上了火车。当时是 1949 年的 11 月，在柏林城内，人们还能相当自由地走动，柏林墙尚不存在，在苏军占领区和西方联军占领区之间，仅仅只有一些检查点。但是德国已经一分为二。西柏林是联邦德国在苏维埃德国中间的一块飞地。叙述者讲述了他的火车旅行，似乎以一种正常的方式进展着。只不过有一点点不正常，他走出包厢又返回时，他看到了一个跟他长得一模一样的人，正坐在他刚才坐的位子上。于是，他急忙换了一个车厢，而读者开始对他的精神状态产生了某种疑问。但是，惊讶在扩大，因为文本中突然出现了一条注释，它并不位于书页的最底下，而就处于文本的内部：注释 1。似乎纯粹是技术性的。叙述者说，当时正好是卡夫卡最后一次在柏林逗留之后的四分之一个世纪。然而，按语却明确指出，这是不可能的，因为，假如那恰好是卡夫卡来到柏林之后的四分之一个世纪，那么，当时就应该是 1948 年的 11 月，也就是说恰逢柏林的全面封锁时期，持续了差不多一年，1949 年的春季结束，这就使这样的一次柏林之行变得完全不可能。因此，绝不会是刚好四分之一个世纪之后。读到这里，读者会问，到底会是谁在文本中写下这条按语，看起来就像是编者的注释，就仿佛午夜出版社打算告诉一下喜欢较真的读者，这一点是不确切的。第一个叙述者当然什么都没有发现，既然这是一条编者注，他就继续着他的叙事。他来到柏林，在利希滕贝格火车站找到了正等他的间谍皮埃尔·加兰，后者将带领他前往他必须亲自观看一场谋杀案的地方。就在宪兵广场，依克尔凯郭尔看来算得上柏林最漂亮的广场。他被安置在一栋虽已成了废墟，却还有一半尚能住人的房屋里。他必须停留在窗户前，写关于那桩预期将在午夜发生的谋杀案的报告。没有其他细节了。加兰告诉他，在书桌的一个抽屉中，他会找到一架苏联造的夜用双筒望远镜，质量不太好，但不会影响他的任务，因为，当晚是满月。他找着望远镜，找到了它，还找到一把自动手枪，这是没跟他说过的。他说，这是一把 7. 65 毫米口径的手枪。这时，又有一条注释出来了：这把手枪不是 7. 65 毫米口径的，还说，一个像叙述者这样的专业人士（这时候他叫亨利·罗宾，但他常常更名换姓，就如任何一个秘密间谍那样，还拥有好几本护照）不太可能会弄错握在自己手中的一把手枪的口径。而我们清楚地知道，实际上这是一把 9 毫米口径的手枪，伯莱塔制造的，因为正是我们把它放在那里的。

我想的是将一个别的人引入到叙事中来。在我五十年代写的那些让人觉得十分怪异的小说中，在叙述上还是有一种更宽泛的协调性，有一个叙述中心，尽管那是空的，比如在《嫉妒》中，所有的信息都汇合到一起。一种意识的意向性得以被命名，不管怎么说，都可以被赋予一种形象。但是在《反复》中，另一个叙述者试图抢夺第一个叙述者的地位，人们很快就将明白，一方面，他们都是在为同一家法国的秘密警察机构效力，另一方面，他们也在互相争斗，如同经常发生在法国秘密警察机构内部的情况那样。这一方面，存在有一些相当有意思的历史案例。整部小说随后就将带着一种叙事上的丰富性发展下去，这种丰富性似乎已经迷惑了我的读者们，他们对我以往的作品都常常迟疑不决。

11. 人们永远在讲同一个故事

上一次谈话中，我们花了相当长的时间回顾了分身这一主题，以及它在当代文学——从陀思妥耶夫斯基以来，甚至还要更往前——中的重要性，与此同时，我还对我最近的那部小说《反复》开头部分发表了一通分析。分身确实是那部作品的基本题材，如此的基本，以至于那里头不是只有一个叙述者，而是有两个，而且人们很快就发现，他们都属于同一个法国秘密警察系统，但他们却较劲地互相争斗。很有可能，该系统的一个部门正试图毁灭另一个部门。他们借口要小说的主要叙述者提供一份报告，一份关于即将在他窗户底下发生的一桩谋杀案的报告，实际上试图把这一罪名横加在他身上。

我坚持这样一个事实，即写作中的种种矛盾产生了故事，而确实，在写作过程相当后期的时候，我发现，这两个叙述者是双胞胎。他们必须非常相像，也正因为这一点，第一位叙述者曾认为他遇到了自己的分身，而分身不是什么别人，很简单，就是他的双胞胎兄弟。他们的父亲是一个德国人，母亲是一个法国人，他们两人是在四岁时被分开的。一个由当德国军官的父亲在德国养大，另一个则由母亲在布列塔尼养大，而从某种意义上来说，他就是我。

主要叙述者被逐出正式调查，很显然，人们就是要有意摆脱他。“人们”，就是说，敌对的一方。于是，他只得一个人开始自己的调查。他从苏军占领区去到美军占领区时经过了查理检查站，这个此后将变得十分有名的检查站就设在腓特烈大街上。他来到了克卢兹堡区，在他窗户底下被人杀死的德国军官居住的房屋就在这个区。在这栋房子里，他遇到了一些怪异的事情。这是一个声称售卖玩具娃娃的商店，但他很快就明白，这是一家妓院，售卖的不是什么玩具娃娃，而是一些小女孩。兴许，他以为有人给他下了毒，当然他想错了，反正他失去了意识，一直到某天早上才在这栋房子的一个儿童卧室中苏醒过来。他躺在就地而铺的一个床垫上，房间里有两张一模一样的床，它们是如此的窄小，看来只有不到六岁的孩子才睡得下。突然间，他又发觉，而正在写作的我也发觉，这原来就是他儿童时代的卧室。正是在这里，他度过了生命中最初的四个年头，猛然地，他重获了对他幼年时代曾有过的那个双胞胎兄弟的回忆。他把他彻底忘了，这样一个事实说来也并不奇怪，反正，有精神分析学在，可以来好好解释这一类现象。

在我早先的一些作品中，早就已经有了这种意外的重影。一对双胞胎名叫瓦尔特和马尔库斯，也即 M 和 W，而这两个字母在一面水平放置的镜子中，恰好互为倒影。这一对双胞胎 M 和 W，在我的小说《纽约革命计划》中就已经出现。他们是两个年轻的杀人凶手，在纽约的地铁中行凶犯罪。如此，彼此互为分身的两个少年，在早先的一部作品中，早已经有了重影。至于儿童时代的回忆，在《橡皮》中已经有过了，因为这一分身的题材很快就引导我走向当代文学中的另一个基本主题：重写。

当代现代性的奠基性小说之一，是写于 1920 年的《尤利西斯》。乔伊斯想象着重写荷马的《奥德赛》，但要嵌入都柏林这个城市中，都柏林变成了尤利西斯找到伊塔卡之前四处漂流的地中海。当我读到这本书的时候，我十分震惊，尤其因为它就叫作《尤利西斯》。因为我当时直率地想说，假如这部作品的题目不叫这个，假如没有瓦莱里·拉尔博写的一篇序言，我兴许根本就看不出来它与《奥德赛》的相似之处。我相信，在这样的书中，作者放入了很多很多的东西，而读者是不可能一一辨认出来的。乔伊斯的学问很广博，在好多领域中远远超过我。一方面，是希腊文化的学识，另一方面则是基督教文化的学识，这都是我彻底缺乏的。此外，他还对莎士比亚极度了解。那《尤利西斯》为什么会让我深深着迷呢？说白了，我几乎会认为，我撑死了也只能发现作者在作品里放入的那么多东西中的四分之一。因为，我无法破译的那些东西，我还是隐隐约约地感觉到，它们就如同一些密码。这一点创造了一种谜一般的厚度，它使得我如饥似渴地去读《尤利西斯》。初步接触是很容易的，这与人们所说的正好相反。后来，乔伊斯写出了更难的书，例如《芬尼根守灵夜》，几乎就无法读，或者，无论如何，无法翻译，或者，既然我也不懂英语，这两者对我来说也就是一回事了。实际上《尤利西斯》还算得上是个基本协调的故事，只不过，那里头发生的一切都在别处有重影。格诺甚至还逗趣地取笑过这一点。在他的小说《蓝花》中，第一句话是这样的："德·奥日公爵突然出现在平台上，畅想着历史形势。"[①] 而《尤利西斯》的第一个句子则是："牡鹿马利根突然出现在楼梯口……"[②] 当人们去都柏林时，人们会做一次朝圣，一直到《尤利西斯》一开头提到的那个高塔。格诺没有那样做，但是，重写《尤利西斯》会是一个值得一试的创举，既然《尤利西斯》本身就是对荷马的一种重写。

写《反复》的时候我对自己说，我要重写《橡皮》……[③] 于是，在那一时刻，我决定要重写《橡皮》，就是说，依据刚才所引用的那段童年时代的回忆，曾经出现在《橡皮》中的运河支岔的一段死水巷，那里有一艘倾覆的成了废墟的帆船，在这

---

① "一二六四年九月二十五日，天刚蒙蒙亮，德·奥日公爵就出现在了他那城堡的圆堡顶上，在那里，他稍微畅想了一点历史形势。"

② "仪表堂堂身宽体胖的牡鹿马利根出现在楼梯口，他端了一碗肥皂水，碗上十字交叉地放了一把剃刀和一面手镜。"

③ 录音有些中断，阿兰·罗伯-格里耶在解释。

个基础上，将展现与《橡皮》的基本主题之间的关系，而该基本主题，就是索福克勒斯的《俄狄浦斯王》。因为，我公开出版的第一部小说《橡皮》就已经是一种反复，那时候我就自觉地决定，要重写一次《俄狄浦斯王》。

《俄狄浦斯王》的故事是调查员的故事，他在研究早先犯下的一桩罪行时发现，原来他自己就是罪犯本身。在索福克勒斯的哲学中就已经很有隐喻意味了，白天与黑夜的斗争，阿波罗象征着白天，而巨蟒皮同则象征着黑夜。因此，这是一种周而复始的斗争，因为，白天和黑夜不断交替，形成为合乎规则的可以预料的循环。相反，在《橡皮》中，则是一个普通人秘密调查的故事，他本人也在调查着一桩罪行，只不过，这一罪行还没有犯下。这里头就已经有一种空缺了，故事发展的动力也是要调查的这一罪行的缺失。读者知道这罪行并没有犯下，所谓的受害者失踪了，假装已经死去，以免再遭遇袭击的威胁，而调查的人则什么都不知道。他调查的逻辑本身很明确很谨慎，导致他自己一步步犯下本来空缺的罪行。因此，这是一个从某种程度上来说逆向的故事，与俄狄浦斯神话的故事相比是逆向的，而这一逆向，则充分地体现为索福克勒斯的一句语录，我把它拿来用作小说《橡皮》的题铭：*Epheure s'akont' opant'orōn chronos*。我在这里把它翻译如下："监视着一切的时间，全不由你做主，就给出了答案。"然而，这个句子正常的翻译应该是这样的："看到一切的时间，全不由你作主，就找到了答案。"这不仅让我回想起我们童年时期的那些厚厚的希腊语词典，例如巴伊主编的那一套，每个词，都会给出大作家们使用它的所有例子，而这些例子所带有的含义常常很不一样。比如说，Epheure，是 epheuriskō（eurêka 的过去时）的不定过去时，既可以表示"找到"（eurêka，"我找到了"），也可以表示"提供"。因此，在索福克勒斯的笔下，时间扮演了调查者的角色。它寻找答案，并且找到了。而在《橡皮》中，时间扮演的是组织者的角色，是它给出了答案，而调查者变成了罪犯。

在写作《反复》时重写《橡皮》，是一件很诱人的事，而《橡皮》这部小说本身，又是对《俄狄浦斯王》的重写，任何人都没有看出来。小说《橡皮》出版时，我没有说这一点，尽管有很频繁的影射，对任何一个曾读过《俄狄浦斯王》的人来说，这是显而易见的，不过，还是没有被任何人察觉。不是同一个故事，但古老的那一个干预了现代的这个，就像一个幽灵，始终萦绕着这个新故事。在我已经提到过的博尔赫斯的一个以"叛徒与英雄"为主题的短篇小说中，有一个爱尔兰的革命者，他在政治活动中发现，他正在扮演莎士比亚戏剧《裘力斯·恺撒》中的主人公。这是一个十分博尔赫斯式的想法：一部已经完成的作品开始萦绕一个眼下情节正在展开的故事。我认为，博尔赫斯——他可不是一个很大众化的作家——所扮演的角色，是为他之后的一代又一代人提供材料，而且可能还要提供很长时间。很奇怪的是，他从来就没有完成过一部作品，从来就没有写过什么长篇小说，但是他给出了很多小说的提纲。他讲述的所有的小故事都是大纲性的，人们可以利用。有一次，他反常地说道，他是故意把他的种种想法放在一些简短的故事中而不展开，为的是阻碍其他作者使用。我觉得这样很愚蠢，因为，事实上正好相反，这样反倒是在引诱别人来借用他的故事。

就这样，在《反复》中，我影射了自己最早在《橡皮》中写到过的一段童年的回忆，开始搬演《橡皮》中的瓦拉斯的整个故事，从荷兰的城市搬移到了战争废墟中的柏林。这就产生了一个人物，在一开始的某一时刻，名叫瓦隆，然后叫瓦勒，反正他总是自愿地改名换姓。

一段时间以来，重写的历史很是让文学研究者们激动。有趣的是，想象一下，所有的文学实际上都维系于人们始终在讲的同一个故事。兴许，还说不上是同一个故事，但会是同一些故事。所以叙述素材是极度有限的。能使文学取得极大进展的，不是别的，就是叙事的形式。在有限的素材基础上创造出一部作品，始终能让我激情迸发。好比方说，在绘画中，马格利特拿来已经彻底简化的一整套物件，把它们做成一部无穷无尽的作品，他满可以一直持续下去，假如他没有死去的话。而在文学中也一样，随时随地，都能重新拿起一个来自过去的古老故事，让它继续再现。这一想法早在十七世纪就已经存在了，却奇怪地跟一种完善的概念相连接。公开模仿前人，就是重新拿起同一样东西，但把它做得更好。在我看来，这样的手法显然是奇怪的。各个时代之间是没有高低之分的；文学并不是越来越好的。兴许是变得越来越复杂了，这是可能的，但总而言之，改变的是形式。故事可以始终是同一个，一种新的形式将不会改善它本身，只不过将会以不同的方式来阐明。同样的主题，同样的叙事提纲，将再一次获得新生，并变得面目全非，难以辨认。假如我不说在《反复》中重写了《橡皮》，人们就完全看不出来，同样，如果我不说，人们也看不出在《橡皮》中重写了《俄狄浦斯王》，因为我在当时没有说透，整整三年中也就没有任何一个批评家注意到，直到后来，我把这一点告诉一个美国教授，他就把它据为己有。据说现在，假如你不能把索福克勒斯的文本熟记于心的话，你就无法再读《橡皮》，在我看来则是彻底地不合时宜。艺术，通常意义上的艺术，更确切地说，则是文学——既然在这里我们说的是文学——会是一个可以转移的链条，始终在重新催生同样的东西，不过却以不同的方式。就此，又回到了我定义废墟的说法：往昔的作品是完美的，但它就像倒下成了废墟，必须将它重述。

在我的很多小说中，或者我的很多电影中，我都使用过一些手手相传的火炬。电影《美丽的女俘》很大程度上就是对歌德的一篇名叫《科兰特的未婚妻》的抒情诗的重写。《美丽的女俘》中整段整段的对话就来自那首诗。我不是重写《科兰特的未婚妻》的第一个人，因为在米什莱的《女巫》中，就有整整一页译自歌德的作品，只不过，奇怪的是，米什莱连歌德的名字都没有提一下。这是一些原型故事，假如可以这样说的话，就仿佛，在人类的精神中，从始至终都存在相当数量的基本原型。然而，人永远都是一种新的存在，因为，他总会做别的东西，人在大地上的使命，就是从这个旧世界的基础上，随时随地创造出一个新的世界来。

有时候，人们会着迷于一些传说故事，以为它们都是典型的西方传说，而实际上它们也存在于并无多大关系的一些文明中。几年前，我曾在河内待过。那里有一个湖，一个很著名的景点，有人对我说，它叫作复得之剑湖。那个故事讲到，有个英雄在湖中丢失了他的剑，一只乌龟后来从湖中爬出，把剑还给了他。很显然，人们会立即联想到圣杯传说，传说中，骑士兰斯洛特从湖夫人那里接受了他的剑，或者，那把剑是亚瑟王的①？你们知道，我了解很多东西，但我总爱把它们弄混淆，这反倒有助于我写小说了……

*

我要在此读上一段《反复》的开头。叙述者正在前往柏林的列车上，他不得不匆匆离开自己最开头坐的座位，因为那里坐了他的分身，一个相貌跟他完全一样的男子，现在，他只得逃到另一个包厢中去。

（第 11 次节目的结尾：阿兰·罗伯-格里耶朗读
小说《反复》的第 18—22 页。）

---

① 湖夫人把能断钢的圣剑交给了亚瑟王。而兰斯洛特，他所接受的，是一个指环。

12. 上帝不会虚构

上一次，我开玩笑地谈到了统治着我头脑的不确定性，但这一点多少又让我感动。我表面上有一个很清楚的头脑：我明明白白地研究过数学与生物学，另外，我还从事过一些所谓精确科学的职业。我很喜欢引用莎士比亚《麦克白》中的一个句子："我头脑中充满了奇怪的东西，召唤着我的手，要求在过细地检查之前就去付诸实践。"在那出戏中，麦克白影射了国王邓肯的被谋杀，这就是说，他对国王的被杀不负责任，既然那是一些奇怪的东西在召唤他的手去行动，要求他在过细地检查之前就去付诸实践。我认为，这并不是某种很私人化的东西，普遍意义上的人类头脑中都有这样的奇怪东西。它们兴许是永恒的，来自十分古老的原型，反正，它们现在就在召唤我的手。它们是奇怪的，因为连我自己都不知道它们到底是什么。

远在那些迄今为止我已引用过的法语作家之前，就有一个十分重要的哲学家说过跟我们今天要探讨的问题有关的话：他就是斯宾诺莎。我必须得引用一句他的话，因为他说到了小说，这可是很稀罕的事。我引用的是《知性改进论》中的一个句子："人类精神完全有能力虚构，因为它感知甚多，认知则少。上帝，虽全知，却完全无法虚构。"斯宾诺莎的作品中常常有某种幽默，尤其是在面对宗教时。但这是一个让我非常感动的句子，因为的确如此，感知更多，而认知甚少，兴许向来就是这一点催生了虚构。而对我从谈话一开始就提出的这个问题，究竟是什么让人们写作，我想，答案就在此，尤其是对第二类作家，不是所谓的现实主义作家，他们声称明白一切，并为你们解释那一切，不是这一类，而是另一类，是这一代作家或者他们的前任者，他们之所以写作，是因为他们并不明白。

我认为，萨特的头脑中是有斯宾诺莎这句话的，因为你们知道，萨特是这位哲学家十分热心的读者。在萨特写的那篇关于弗朗索瓦·莫里亚克的充满恶意的文章中，似乎有着这句话的一个反映。那是一篇登在杂志上的短文，应该收集在《境遇一》中，题目叫作《弗朗索瓦·莫里亚克先生与自由》。萨特在文中指责弗朗索瓦·莫里亚克的作品中有一些无所不知无所不能的叙述者，萨特在把无所不知的叙述者跟上帝相比较之后，这样写道："但上帝不是一位艺术家。弗朗索瓦·莫里亚克也不是。"这正是斯宾诺莎那个句子的确切反映，他确实想到了那番话。这并不是要说，世界是不可理解的，因此一切都是荒谬的，因为在与世界的接触中，人们会呼唤一种持续的意义。一种兴许不抱希望的召唤，但始终那么地有力。我已经是八十多岁的人了，我始终还是什么都不明白，但我越来越有这样一种急迫性，在我不明白的这一世界的内部，开辟出那些历险之道来。我相信，它可以指引整整一段历史的方向，即小说在西方世界中的发展历史，且不说其他的文明国度了。

一部法语小说是什么？一开始，是一部用罗曼语写成的著作。有一些文本，比如条约，是用拉丁语写的，但叙事，人们是用罗曼语来写的，那属于虚构作品。当时，共相理论占据着统治地位。从某种程度来说，小说《克莱芙王妃》塑造的一些并不打算植根于现实中的人物，就是共相，仿佛存在着一些男人或女人的原型，他们经历的历险也存在原型。此外，他们通常都不是一些普通人，而是世界中的大人物，几乎就是古代世界的神明，仿佛他们就是直接来自《伊里亚特》和《奥德赛》的希腊英雄。我们今天称之为"小说"（roman）的，就是盎格鲁–撒克逊人称为 novel 的东西。这很有意思，因为，novel 的意思是“新的”，多少就算是当时的新小说。而确实，那就是当时的新小说。所谓 novel 的第一个作者，就是笛福，随后有了菲尔丁、理查逊，以及从十七世纪末到十八世纪初的工业时代最开端的所有那些小说家。笛福要稍早于另两位，但仍属于同一拨人，是他们开始起来抗议，反对那些没有人类生活的原型人物。他们由此决定，要讲述一些普通的故事，像所有人一样平凡的人的故事，而且，他们要给予这些人物很普通的名字。这就是 novel，我们称之为“小说”的东西。

不幸的是，很快地，某种东西就固化了。这些人物马上就变成一些原型，无论是鲁滨孙·克鲁索，还是克拉丽莎·哈娄①。他们倒下沦为废墟的方式就是僵化，就仿佛人们需要重新创造一个 novel 来。作为对这一情境的反动，来了一批被人称为“革命前”的作家，尤其是在法国的狄德罗，还有在英国的劳伦斯·斯特恩。他们的作品五花八门，很是不一样，但又拥有不少的共同点。他们俩的作品都尽情地嘲讽正在替代普遍主义坐上正统宝座、而实际上只不过是在走回头路的理性主义。即便是在今天，当我们读到狄德罗的小说时，我们依然会感到非常惊讶，尤其是读到他的《宿命论者雅克和他的主人》时，我们会发现，那些小说比巴尔扎克的小说离我们更近，尽管巴尔扎克的小说是在它们之后写的。我要试着引用一下《宿命论者雅克和他的主人》的第一句话：“他们从哪里来？从最近的那个地方来。他们是谁？这跟你又有什么相干？他们要去哪里？谁又知道自己要去哪里？”② 这些问题以及它们俏皮的回答，早已经是某种反理性主义的宣言了。整个故事从小说结构的观点来看

① 塞缪尔·理查逊的《英格兰来信，或克拉丽莎·哈娄的故事》。

② “他们是如何相遇的？像所有人那样，纯属偶然。他们叫什么？这又有什么关系？他们从哪里来？从最近的那个地方来。他们是谁？这跟你又有什么相干？他们要去哪里？谁又知道自己要去哪里？”

会是很惊人的，因为叙述者肯定了自己作为叙述存在的身份，他对他说过的话做出种种解释，他带领他的人物走向死胡同，然后他就停下脚步，转身说道：“我们回头再说……”狄德罗是小说中的人物之一，随时随地插嘴说话。人们在劳伦斯·斯特恩的作品中能找到完全可以与之媲美的东西。我很年轻时就读过这位作家的东西，在狄德罗之前，但叙述者反理性主义的幽默中还是存在着某种完全可以相比较的东西。

狄德罗、斯特恩，那是革命之前的年代。狄德罗跟他生活于其中的世界很不和谐。他是一个百科全书派，而百科全书的目的之一，虽不公开地说，就是要质疑专制制度和宗教，这两个看起来不可触犯的强大支柱。然后，大革命来了，随之而来的是很长一段时期的战争和屠杀。无论那是在大革命期间，在恐怖时代，还是后来在拿破仑战争期间，都有大批大批的人死去。那曾是一个非常混乱的阶段，而突然，人们就仿佛渴望要好好休养生息了。在十九世纪初期，巴尔扎克的出现，就像是资产阶级在好几十年里已折腾够了，要回归舒适生活。

我读狄德罗读得很多，但巴尔扎克却读得很少，除了他那些鲜有人问津的小说，例如《塞拉菲达》和《萨拉辛》。当批评界指责我们，指责我的朋友和我本人没有像巴尔扎克那样写作时，我感到非常惊讶。巴尔扎克很好，但是写得像他那样，却没有丝毫意义，尤其是在一个并不相同的时代，一个彻底变了样的时代。我处于又一个历史时期中，我，而所有人也都跟我一样，认定这个时代是一个革命前的时代。巴尔扎克确实是接受哺育他的社会的价值基础的作家。狄德罗却不是，他是由贵族社会所哺育的，但他绝对憎恨那个社会。百科全书的工程就是要编撰一本关于万事万物以及当时流行的一切概念的词典，这是一个很漂亮的工程。如果说，巴尔扎克多少也在指责共和政体或者君主立宪制，那么，人们心里却很清楚，他不是从根本上憎恶它的。他认为，人们可以完善它，这里，根本就没有革命性的根本意义上的反对。当他平静地宣布“我在两支火炬的微光下写作，君主专制和宗教”，这会让我们感到一丝惊诧，惊诧于有人居然会说出一句这样的话。然而，他是真心这样想的，他喜爱这个资产阶级社会。当时，“资产阶级”一词还不是一种咒骂，只有司汤达用来表示过这层意思。而更多是一个褒义词：资产阶级的舒适，资产阶级的烹调，完全私密的。

马克思主义理论家们认为，巴尔扎克是一个革命的作家，我希望以后人们不再如此认为。卢卡奇，研究社会和小说的伟大思想者之一，曾经写道，福楼拜不是一个革命的作家，因为他不反对社会制度的缺陷，而巴尔扎克则是个革命的作家，因为他，他是反对的。一位美国教授，曾在伯克利工作的，很有意思，会说法语，我忘了他的姓名①，他回敬卢卡奇说，恰恰相反，巴尔扎克巩固了资产阶级社会，因为他是为它而写的，用它所明白的语言和结构，而福楼拜并没有参加 1848 年革命这一事实毫不重要，他通过写出《包法利夫人》而干了革命。我相信，人们今天能够采取这一立场，而不用冒着被当作“右翼”批判的危险，是写作的形式在批判着世界，而不是人们所讲述的故事。赞美革命、人民和光辉灿烂的明天的伟大苏联小说，是一种彻底的反动文学。相反，一个要质疑很多人的写作方式的作家，一个要用不同的叙事结构谈论世界的作家，一个这样的作家，他，他将是革命者。

我们对塞利纳不必大惊小怪，他根本不是一个例外。塞利纳，应该被称作一个左翼作家，尽管他曾是个极右派。不管怎么说，他都带有一种革命精神，而对同一时代很多具有左派精神思想的人，我们却不能说同样的话，因为他们正好相反，写出的文学是我们可以称之为“偏右”的东西。“右派”和“左派”这些词，我加了引号，因为在今天，它们已经开始消失了，

① Leo Bersani。

但是在我的整个童年以及青少年期间，它们却实实在在扮演着一个重要角色。我很早就知道塞利纳，但那时候我读他读得很少，因为他是个极右派。我父母都是极右派，那时候他们阅读布拉西亚在《法兰西行动》上的专栏文章，那上面，人们谈到塞利纳，却从来就不谈安德烈·布勒东。很有幸，塞利纳是一个反犹主义者，因此，我们可以在家里谈论他。而且，正巧了，他还是个伟大的革命作家。而萨特，在战后，在一个十分有趣的时期，一度也处在这一矛盾之中。在那样的一个时代中，他经常谈到介入，他说过这样一句话，不是在《境遇二》中，就是在《境遇三》中，他说："今天，根本不可能想象有一个伟大的小说家会是反犹主义者。"很有意思的句子，但显然荒唐得很。差不多一年之后，有一个记者问萨特，在他看来，谁是两次战争之间最伟大的法语作家，他回答说："毫无疑问，是塞利纳。"他找到的唯一例子，恰恰就是右派的病态发作闹得最凶的那一个！

而巴尔扎克更多代表了文学史上的一个冰河时期。在狄德罗和《宿命论者雅克和他的主人》的时代中表现得如此自由、如此冒险的小说，现在一下子凝固在了一些形式中，而这些形式很快成了真正的小说形式。必须写成这样。而表现得最突出的地方，则是在法国。因为在英国，始终存在一些被批评界认可的边缘作家，雷蒙·鲁塞尔是一个例外，实际上几乎不可能把他纳入文学史。这是一个大作家，但几乎读不懂。换句话说，巴尔扎克式的形式已经成了小说的形式本身，而娜塔莉·萨洛特远在我之前就跟巴尔扎克展开了斗争，绝非出于偶然。娜塔莉·萨洛特跟我一样也是新小说的奠基者，年龄要大我二十岁。她甚至都可以当我的母亲了。我现在只有八十岁，而她却在两年前就逝世，享年整整一百岁，她因此属于另一代人。早在战前，也就是1937—1938年期间她就开始了，发表《向性》，除了小说，还有一些关于文学的短小精悍的文章，后来都收录在名为《怀疑的时代》的集子中。确实，她跟所有构成巴尔扎克式现实主义骨架的定义都作过斗争：关于人物、性格、时代、社会身份的定义。尽管如此，那都没有用，没有人读她发表在《现代》或《新法兰西杂志》上的那些论文随笔。然而，这些论文都极其具有冲击力，而且很容易读懂，并不是抽象的思辨。

因此，当我来到法国文学这一片风景中时，我发现一种让我惊讶无比，同时也让我深感气愤的情境。我读了狄德罗、福克纳、卡夫卡，而突然一下子，人们却指责我没有像巴尔扎克那样写作。怎么如此荒诞？我在那个时候指出，一些文学形式被神圣化了，仿佛成为永恒的范式。然而，我们清楚地知道，狄德罗写得不像巴尔扎克，而福楼拜写得也不像巴尔扎克。因而，说起来，写作上曾经有过一个简短的冰冻期，而且还在两次革命之间颇为成功。第一次是 1830 年的革命，标志着资产阶级掌握政权，第二次是 1848 年的革命，来自人民，正好相反，对资产阶级的价值观提出了质疑。但是，在这两者之间，小说家有过一段精神安宁。巴尔扎克从来就不问自己他为何有权以及如何有权讲述。他不问自己他以什么名义写作。他很自然地写作，就像苹果树结出了苹果，他不停地写作，而苹果就掉到了树底下，一切都很好。很奇怪，我很情愿读他的那些怪异的小说，但人们在中学里从来就不谈。很遗憾，他并没有形而上学的焦虑，问一下自己，他为何有权来写作，又是以什么名义来写作的。对布尔迪厄之类的社会学家来说，历史与作家的良知是完全平行的，作家只顾埋头写作而从来不质疑写作。巴尔扎克就一大堆其他东西向自己提问。他一门心思地打听种种社会职业，因为他想写出一部完整的人间喜剧来，决意囊括所有的社会年代，所有的人物性格，所有的社会情境，但他从来就不问他为何写作，如何写作，以及以什么名义写作。相比之下，福楼拜的出现当真就像是一种断裂。很显然，他向自己问了这些问题。

13. 新小说简史

上次节目快结束时，我谈到了我认为的小说叙事在法国的一次重要的断裂：从巴尔扎克到福楼拜的过渡阶段。我想，听我那样讲，人们会觉得，我是带着更多的愉悦阅读福楼拜的。但是，我也有很多的朋友都喜欢巴尔扎克，例如罗兰·巴特，他就读巴尔扎克，甚至还读左拉，读得津津有味。这一点我很理解，因为这些朋友是以跟当时的人们不同的方式读他的。在这些巴尔扎克的爱好者中，有些人甚至还尝试着向我证明，就是巴尔扎克开创了非持续性。为什么不呢？但那是他们的阅读，当然不是我的阅读，也不是当时流行的阅读。巴尔扎克的作品很像报刊上的连载绝非偶然。那确实是平稳的故事，不会打扰任何人。那些情境可能会打扰人，但故事不会。如果说，我有意拿巴尔扎克作为往日文学的例子，那是因为，尽管整个作品宏大又和谐，我很容易从中梳理出一些怪异的故事，就是说，那些让我感兴趣的故事。人们总是问我，我为什么那么不待见巴尔扎克，然而，实际上我根本就没有不待见他，我觉得，这是一个很好的敌手。他真诚直率而又壮实庞大，裹在青铜的睡袍中……尤其，当我的那些书出版时，人们就把他朝我劈面扔过来：人们一字一句地指责我没有以巴尔扎克为榜样遵从。就仿佛他的作品永远都是小说的样板。

我想我现在应该讲一讲新小说是如何诞生的。所谓新小说并不是一个文学流派，而是整整一帮作家。我会有意谈一些不常被提及的代表人物，例如雷蒙·格诺。被列入正式名册的是在午夜出版社门口拍摄那张照片的那些人：萨缪尔·贝克特和娜塔莉·萨洛特，然后就是罗贝尔·潘热、克洛德·西蒙、克洛德·奥利埃、我本人，等等。总的来说，我个人总是要在其中再加上玛格丽特·杜拉斯。她对我来说属于这一运动，因为，我让她的作品在午夜出版社出版，而由于我处于新小说的源头，因而可以说，确定这一团体的是午夜出版社。她并不经常出现在名册中，是因为她这个人也极为厌恶搭帮结伙这一概念。

就这样，我在午夜出版社出版了相当数量的作者的作品，他们让我感兴趣，但他们还没有得到文学标准的认可。我的书曾经被巴黎的许多出版商拒绝，尤其是加斯东·伽利玛，他给我写过一封很可爱的信，对我说，我的小说《弑君者》兴许很不错，但它绝对不符合公众的期待，正因为如此，他作为出版商，没有任何理由要印刷它。设想出版不是只能用这种方式。因为，就在几年前，一个德国出版商，老费舍尔，费舍尔出版社的创建人，回答过一个记者关于他的出版商职业到底以何为本的提问："就在于出版公众不愿意读的一些书。"多么精彩的一句话！文学跟其他产品不一样，人们可以按公众的口味来生产土豆，因为那是一种消费品，但文学却不是。真正的出版商要出版的书不是公众期待的那种书，倒是公众不愿读的那种书。我有幸被伽利玛回绝，如同贝克特，他就曾被十四家巴黎的出版社拒绝：拒绝信甚至还写得语出惊人，有一天，我们肯定会在午夜出版社出版这些信的……贝克特并不急于出版自己的作品，反倒是他的伴侣苏珊·杜梅尼尔，把他的手稿装在手提包里，一家一家出版社地来回奔走，推销他的作品。因为那时他的作品几乎都已写完了，后来出版的所有文本都是很久之前就完成的。有用英语写成的作品，如《莫菲》《瓦特》《梅西埃与卡米耶》，还有后来用法语写的《莫洛伊》《马龙之死》《无法称呼的人》《等待戈多》。所有这一切都写完了，但没有出版！

热罗姆·兰东当时才二十二岁，刚刚获得了午夜出版社的资产，那是维尔高尔留给他的一个濒临破产的烂摊子，他心想："很可能我支撑不了太长的时间。反正出版社已是负债累累，我家里也没有多少负担，就算再加上一种只会白白浪费钱的文学也不会怎么的。"因此，他宣布，在关闭出版社之前，他要出版贝克特。这真是一个能与费舍尔相提并论的决定。巴黎有十四个出版商证明了，公众并不想读贝克特，而热罗姆·兰东却在1950年出版了《莫洛伊》，并获得了一定的成功。但是，这只不过意味着，当时能卖出一千到一千五百本书，不会再多了，并不能让出版社摆脱危机。午夜出版社申请了长久歇业，月复一月地延期。

当热罗姆·兰东于1953年出版《橡皮》时，他甚至都没有足够的钱来付印刷费用。他不得不说服法兰西图书俱乐部联合出版。这个俱乐部出版一些俱乐部图书，就是说，一些已经出版且在书店中能买到的书。乔治·朗布里奇，热罗姆·兰东当时的助手，跟一个叫格雷戈里的人算是朋友，后者领导着法兰西图书俱乐部出版社，而该出版社得到了所隶属的豪斯皮塔尔的支持。那是一个很好的团队。他们说服了豪斯皮塔尔出版一些未出版过的新书，说白了是联合出版一些还没有在公众中得到证明的书。我还得说一句，格雷戈里的姻兄弟弗朗西斯·布朗什决定把《橡皮》改编成一部电影，他自己亲自来扮演瓦拉斯，这真的是一个美妙无比的想法！不幸的是，这没能实现，不过《橡皮》还是在法兰西图书俱乐部出版了，而午夜出版社复制了俱乐部版本，让它能在书店里买到。这就解释了为何这本书是用埃及体字母印刷的，而午夜出版社的所有图书都是艾尔泽维尔体印刷的。

《橡皮》出版之际，批评界一派沮丧的沉默。那个时代，人们谈到我，都说我不是一个作家，而是一个工程师。两年之后，《窥视者》引起了一场轰动，全靠了批评家奖，还有乔治·巴塔耶、莫里斯·布朗肖和让·波朗的支持。这引起了轰动，因为对传统的批评界来说，这是一本完全无法想象的书：彻底跳出巴尔扎克式现实主义叙事的标准。很简单，在批评家奖评委会中发生一场争执之后，现代主义派占了上风，也就是说，压倒了那些报刊上的大批评家，如埃米尔·昂利奥、康特尔、肯普、亨利·克鲁阿尔，从此他们就在报刊上大发雷霆地攻击《窥视者》。乔治·巴塔耶赞成给奖，但他在《费加罗》或《世界报》都没有专栏，而媒体上的那一场群魔乱舞对我来说反倒是一件好事。一个并非正统派的年轻作者，他还能期望什么更好的吗？当初迎接《橡皮》的是一片沉寂，而等待《窥视者》的却是一场轩然大波！昂利奥在《世界报》上写道，这本书不该纳入文学奖，而应该放进疯人院或者教化院。他指责我确确实实是一个疯子，兴许还是一个杀人犯，确实是精彩极了！在午夜出版社，《窥视者》卖了一万本，对当时的我来说，这真的是一个巨大的数字。

但是，还有更美的事呢，那就是热罗姆·兰东决定让我做他的得力臂膀，同时也成为他重要的朋友。不是文学部经理，因为他想当唯一的经理，而是让我成为午夜出版社的文学顾问，而这一切只是在我的第二部作品出版后不久，而我同时还成了老板的好朋友：我差不多要比他大五岁，而他则放心让我把握出版社的方向。于是，我替代了乔治·朗布里奇，他的观点有些太业余了，而且不着边际：他什么都喜欢一点，因此在当时，这是一家没有明确方向的出版社。创建之初，午夜出版社是一家政治出版社，出版一些作为抵抗运动的书，故而被当时的维希政府禁止。在我作为文学顾问加入进去时，午夜只出版让·波朗向我们建议的书，因为老伽利玛不愿意出那些书。就这样，热罗姆继续出版我的书，当《嫉妒》一书怎么也卖不动时，他也不生气，因为他认定这就是他职业的一部分。早在德军占领时期，午夜出版社就不得不出版一些由于政治原因而被禁的书。

后来，由于一些其他的政治原因，如阿尔及利亚战争，热罗姆出版了一些见证之书，见证在那里真正发生的事情，亨利·阿莱戈、维达尔-纳盖、莫里斯·奥丁等人的书。总之，他以同样的方式，继续出版着伽利玛的好品位所不愿出版的书。

那时候，我决定，要把在别处出书的一些作家引到午夜出版社来，他们通常比我要年长，但没有人谈论他们，因为他们并不符合报刊上大批评家们所认可的叙述标准。我就这样再版了娜塔莉·萨洛特的《向性》。热罗姆曾经问过伽利玛是不是打算再版，因为它是由伽利玛首版的，当时已经绝版了，但伽利玛根本就不打算再版。然后就是罗贝尔·潘热，他原本是罗贝尔·拉封出版社的作者，在那里出版过一部十分精彩的小说，题为《马于或材料》，1950 年问世的，算得上新小说冒险理论的先驱。潘热根本就不喜欢什么理论精神，然而《马于或材料》却是一部理论书，只不过隐藏在文本中。我们把它再版了，随后又出版了潘热的所有作品。说到克洛德·西蒙，他则是卡尔曼-莱维出版社的作者，老板后来跟他干起仗来，很显然，因为他的作品缺少可读性，于是，为了不至于让出版商过分泄气，他试图在书中增添一些东西，变得更容易接近一点。而在午夜出版社，我们对他说，他的书，什么都不用增添，就按照他想出版的样子原封不动地出版，但得在我们这里出。我们还出版了玛格丽特·杜拉斯的《琴声如诉》，此书标志着她文学生涯的一个转折：由此她成为一个不那么容易读的作家。之后她会重获数量无比多的读者，但是，当时她作为小说家，以《抵挡太平洋的堤坝》和《直布罗陀水手》已经赢得了一些读者。现在，她渴望做一点别的。

所有这些作家都需要写出他们构思的作品。他们都感觉到自己心中有一些奇怪的东西在召唤他们的手，但他们所处的出版环境让他们迫不得已跟出版商妥协，不然他们的书就会停止出版。由此说来，出版他们的作品是有条件的，却没有人谈到这些。一旦集中到午夜的旗下，尤其是在1955年《窥视者》闹出轩然大波，出版社招来人们更多目光的注意之后，这些作家变得更加显眼了。团体得到了扩充，而且米歇尔·布托的《变》也在1957年获得了勒诺多奖，这是年终的文学大奖之一。突然一下子，学院派批评变得胆怯了，因为人们虽然继续不理解我们写的东西，但人们开始谈论它了。报刊上连篇累牍地报道，为的是解释，比方说吧，解释说我是一个疯子或是一个杀人犯，而对其他人也一样，尽是各种各样说法的引证。总之，我们的作品没法读，但人们会谈论我们，而这就是新小说的巨大成功。这真的是运气，热罗姆·兰东和我能够一起在同一家出版社，用同一种封面，出版不少作家的作品，而这些作家完全是异端，但他们像是组成了一个团体，哪怕这只是从否定的意义上说的，因为人们总是能指出，他们都与这样或那样的叙事法则背道而驰。

另外，娜塔莉·萨洛特把她写的一些文章收集成册，构成了集子《怀疑的时代》，而我自己，则在伽利玛出版社“概念”丛书负责人弗朗索瓦·艾尔瓦尔的请求下，在该出版社出版了我的文章集《为了一种新小说》，它同时也在午夜出版社出版。这引起了一些反响，我们团体的两个成员成了理论家。当然，这还算不上是什么理论，而只是一些理论概括，实际上，那是针对批评界的一些回答。当时，我们甚至想象过，要依照百科全书派的趣味，编写一本词典。有过一个开头，大家聚集到热罗姆·兰东家里，决定编写一本词典，收集那些权威批评家在批判我们的作品时使用的术语，为的是说明，这些看起来纯洁无辜的术语实际上并不那么纯洁无辜，因为它们描述了一种思想意识形态。这一计划并没有实施，因为参与者太多，一些半吊子革命者，例如贝尔纳·班戈、费尔南·普庸、玛尔姐·罗贝尔，并不像午夜社的核心力量那样都是现代主义者。因此，大家很快就放弃了，而热衷于此的罗兰·巴特，还为此念诵了一篇悼词。实际上，他多多少少破坏了这些事情，因为他始终在提醒人们注意，我们并非一个和谐的团体（这一点我们倒是很赞同），因此，必须让每个词都由参与词典编写的我们所有人来确定定义，每个词条都获得大家的一致认可。但是，我们却明显感到，扩充的团队站不太稳，甚至，连更核心的团队也都从未真正组建过被参与者接受的文学运动。

一个作家感觉自己是唯一的，这很正常。此外，热罗姆也好，我也好，我们从来就不会考虑制定一条新小说的规则来让人服从。相反，从某种意义上说，我们鼓励每个作家在他自己的疯狂中走得更远。令人惊讶的是，克洛德·西蒙的作品是那么的灿烂辉煌，日复一日地在一种宏伟的风格、一种罕见的美里充分地生长。而最滑稽的是，自萨特以来，法国人只获得过两次诺贝尔文学奖，一次是 1969 年的萨缪尔·贝克特，一次是 1985 年的克洛德·西蒙，两个作家都属于新小说派。因此，对这个不遭人喜爱的团体来说，这是一个 success story，弗朗索娃·吉鲁喜欢的成功故事。看起来我们好像是妨碍了其他作家几十年的写作。我总是在说，假如这一切当真能妨碍他们写作，那么这是因为他们对该写些什么并没有很坚定的信念，而鉴于他们写的东西，我倒是很乐意妨碍他们继续写下去。

在参与新小说的这些人当中，绝大多数只不过是从嘴皮上接受而已。潘热对他的朋友是最友好的，最热情的，却憎恶隶属于一个团体的概念。克洛德·西蒙本人有时能接受它，有时却不能。米歇尔·布托很快就跑到伽利玛那边去了。玛格丽特·杜拉斯变化最剧烈，因为她在自己的眼中不仅仅是法国最伟大的作家，而且还是唯一的一位。我对她说过：“你说得对，我也是，而克洛德·西蒙也是，他也是唯一的和最伟大的！”她不愿意接受这一点。然而，新小说标志了她的发展进程，因为杜拉斯风格是在午夜出版社发扬光大的，而不是在早先的那些出版者那里。

至于娜塔莉·萨洛特，她当然是一个在观念上远远更聪明的人，比杜拉斯和其他人都要更聪明，她总是带着某种保留。首先，她是我们的长辈，她在我们之前就写了这一切，而且，她所写的跟我们所写的没有任何关系！从某种意义上来说，确实是这样，因为她身上更多地烙着心理学的痕迹，不是深层的和分析的那一种，而是对心理及其她称之为向性和潜对话在体系中的运作所做的一种自觉的研究。娜塔莉，有时候，会认定是我抢夺了她的作品，然后加以利用，另一方面又认为她绝对不属于什么团体。但是，有些时候，她又承认有一种纽带。比如说，在我前面提到过的那张照片的二十五年之后，在纽约大学举办的研讨会上，情况就是这样。那一次，在纽约大学法语之家的大门前，聚集了几乎同一些作家。那次研讨会举办得很有意思，也很热烈，而萨洛特抓住了这次机会说，很久以来，她始终确信，她的作品献给了寂静，她说的不是别的，就是寂静，她之所以能从这一寂静中走出来，全靠了我的能量和我的乐观主义。她一边这么说，一边侧过脸来瞧着我。这倒是一番真话。在娜塔莉身上，如同在很多的同类作家身上，存在着一种根本性的悲观主义，他们总是在不断地说："我们写得实在是太好了，因此人们无法理解我们。"相反，我倒有这样一种信念，首先，我们是有道理的；其次，这一切总有一天会让人明白的。于是，我就做了整个新小说的旅行推销商的工作：在美国做了一系列讲座，关于潘热，关于西蒙，甚至还在那里的大学开设一学期的课，另外还在意大利和德国开设更为简短的研讨课。杜拉斯、萨洛特和我，我们甚至举办了三人讲座。我们前往英国的大学，吸引来很多人，仿佛我们是名流，还稍稍有些像是马戏团的动物。当时，人们前来看我们，就像是前往动物园看热闹。在我们这个三人团中，我是主要的发言人，因为我说起话来更容易一些。玛格丽特讲得也很好，但仅仅只是在咖啡馆的桌子前，在不超过两三个听众的情况下。至于娜塔莉，她认为，那些东西实在太难表达了。不过，到后来，她居然成了一个优秀的演讲者，尤其还因为她能说一口英语，而且说得确确实实跟说法语一样流利。

14. 空无之书

常常有这样的情况，一个读者，或者自称读者的人，向我提问题，关于我刚刚出版的或者我正在写作的一本书，他们会问，书中讲的是什么。而我会感到十分别扭，因为我实在不知道。有时，我会说“这是一本关于你们的书”，或者“这是一本关于我的书”。说到底，公众总是期待一本书里有某种东西，假如情况果真如此，他们就会很高兴。我想我已引用过我的同行米歇尔·维勒贝克，他写的往往是“关于”某种东西的。当有人问他，他的书《平台》是关于什么的，他可以回答说，那是关于性旅游的。这很让人放心，因为这里有个主题，而对文学不怎么感兴趣的读者常常会看到，在书中，一方面有一个主题，另一方面，有一些跟文学没有丝毫关系的东西，有时讲述得很好，有时讲述得不好。

我的同伴福楼拜则相反，他认为主题什么都不是。他可以随便用什么主题写出一本书来。他甚至装作不由自己来选择书的主题。他声称，是他的一个朋友曾向他建议说：“你应该写一写那个刚刚自杀的夫人的故事。”于是，这就成就了《包法利夫人》。他甚至还肯定地说，只有一本建立在空无之上的书才是完美的书，要以形式本身站稳脚跟，而根本不是以所讲的一个故事，也不以任何一个主题。当然了，这话说得有些极端，甚至连一个文学业余人士都看得出内容，因为书中总是有内容的。但是，当我写一本书的时候，在一个当代作家写一本书的时候，主题对他来说完全是次要的，然而，的确是一个主题在多多少少地启动那本书。我说的是宽泛意义上的主题：一种氛围，一种性格，在一堵旧墙上发现的一种黄颜色……

一个不断提出的问题，涉及一般意义上的艺术，而非仅仅只是文学：作品是不是再现了某种东西？这一再现现象在写作与阅读情况中是不是很重要？你们知道，不久之前，大概是二十年代，人们认为，或者至少会说，一切艺术都在再现世界。当时，斯特拉文斯基却肯定地说，音乐什么都不再现，由此掀起了一场轩然大波。今天，在我们看来，这几乎是一个显而易见的事实，然而，音乐却并不一定什么都不再现。在艺术这一很成问题的领域中，尤其是在文学领域中，每一次我们要肯定什么时，就应该十分注意了，因为人们可以是在说一件事，但同样可以是在说相反的事。可能仅仅只是两种并列的说法而已，都只包含了真理的一部分。但是，一种诸如“音乐什么都不再现”的肯定说法，却不会是一种真理。在《田园交响曲》中，有溪流边上的场景，有暴风雨。这首著名交响曲的辉煌乐段之一，从某种意义上说，再现了溪流与暴风雨，然而，让听众感兴趣的却不是这个。他不会这样想：“这个很好地再现了暴风雨！就仿佛我们身处溪流中！”音乐爱好者，即便是在贝多芬时代，会在《田园交响曲》中寻找的也不是这个。在文学中，事情可能就不那么明显了。在绘画中，问题是不一样的，因为已经发明了照相技术。当时，人们一个劲地重复说，照相技术将解除绘画对再现世界问题的忧虑。这作为一种想法很有意思，但它照样不是一种绝对真理。人们总能通过绘画来再现世界，但不是重造它。照相本身逐渐地从再现中解放出来。因此，人们可以想象，在所有的艺术领域中，在一开始，兴许有一些关于再现的模糊概念，或者，无论如何，一些由面对世界，面对一个人物、一片风景、一种情境、一个声响时的激情受到的鼓动，需要通过一个文本、一种音乐或一幅绘画来表达。这里涉及的还不是来再现它，而是重新创造它，或者通过汲取其中的营养来制造出别的东西。

再现的问题从艺术的最初就提了出来。我们不妨举岩洞中的壁画为例：为什么原始人要再现自己呢？壁画能够再现一些很容易辨认的真实动物，例如一匹马或一头公牛，或是一些存在于彼时彼处但今天在一些地方已经灭绝的动物，比方说，犀牛，如今在法国人们只能凭借化石找到它们的遗迹。壁画有时也表现一些纯粹想象中的动物。它们得到了再现，但那是想象力的一些再现。为什么它们得到了再现呢？各种各样的假想都得到了推进，尤其是借助与狩猎的关系。这里头会出现对再现之物的崇拜，是对现实之物的一种类比。假如人们在岩洞口画上一头被一支箭射穿的犀牛，那是为了赢得大自然的恩宠，让他们在第二天也能杀死一头。真实只是部分理由。首先有的是一种考虑，要创造出形式，兴许还得从现实世界出发，而不是一门心思地想着要给出这个世界的一个形象，给未来的人们看。原始人为什么要这么做呢？那可是很荒诞的。

今天，再现的问题，比方说在文学中，成为很关键的一点，尤其是因为它会构成作家与读者间的重大误解。因为，再现的一大效果，常常会被读者看成是写书的目的。实际上，当福楼拜写他的《萨朗波》时，我并不认为他一门心思地考虑要写一本关于迦太基与其先前的雇佣军之间种种战争的历史书。我不这么认为，此外，他自己也曾这样说过。然而，他声称他再现了历史真相。有一天，他与一个批评家争论，批评家对他说，真正的阿米尔卡并非他在《萨朗波》中描绘的那个样子，福楼拜听了很生气，仿佛他指的就是那位真实的阿米尔卡，那个真实的迦太基，仿佛萨朗波就是一个历史人物。他常常冲批评家们发火，而我们可以猜测他是假装发怒的，因为，实际上，他也无情地嘲笑过阿米尔卡，嘲笑过迦太基和那些雇佣军。但福楼拜的经历毕竟还是很有意思的。这是一位基本上只写过三部小说的作家，《包法利夫人》《情感教育》和《萨朗波》。《包法利夫人》讲述了上诺曼底外省的小小生活，他很熟悉那地方，还有那里的居民，因此，主题紧密地插入了他很有可能亲自接触过的现实世界中。《情感教育》探讨了发生在巴黎街头的1848年革命，这是一种历史见证。突然间，福楼拜写了《萨朗波》，赛西尔·德米尔作品一般的超级制作，同时也是他最辉煌的作品之一。《萨朗波》的主题是什么？我认为永远都是福楼拜。包法利夫人是他，萨朗波，同样也是他。在世界的再现中，有着可证实的真实世界的再现，同时还有着一个真实世界的各种各样可能性的再现，而这一真实世界不再是历史上的世界，而是心理的世界，每时每刻都超越了何为真实与何为非真实的简单对立。

*

（阿兰·罗伯-格里耶朗读了
福楼拜1853年8月26日
致露易丝·科莱的信的选段）

*

人们不能说，我的那些书，还有一般意义上的新小说的那些书，从根本上“什么都没有”再现。有一个年轻的理论家，一个十足的极端派，叫让·里卡尔杜，他宣称要写一本在空无基础之上的书，仅仅只是从他自己姓名的字母出发，写出一本书来。这显然是一个很有意思的工程，我就问他靠什么来滋养这本书，他是不是会彻底忘却已有的经验，他所认识的世界。他回答我说，是的，绝对如此，他要从他自己姓名的字母出发，仅仅只限于这些字母。于是，我就回答他说：“我不相信你能做到这一点，我不相信这是可能的，而且，我不相信这样做会有意思。”因为，假如没有世界的话，也就没有了艺术。想到艺术可以无须世界而自己存在，是一种极为有趣的工作假设。在人们很快就将选来过周末的那些星球之中——我不是说在我活着的时候就能如此，但毕竟很快就将如此——人们兴许将找到这样的一个，那上面从来就没有存在过任何生命体，但是在那里会发展出一种引人注目的艺术在我看来是不可能的，或者，无论如何都是不怎么可信的，至少，在我们可称之为艺术的东西的目前定义中是如此。

因此，必须要有一个世界在，也确实有一个世界在，正因为有一个世界在，才有艺术在，而正因为在世界和我之间有冲突，这一艺术才存在。假如我自身就是世界的一个客体，被彻底领悟，并跟这一世界完全同一，那我就没有任何理由还要去创造。创造的需要是存在的，在此我们不妨再重复一下斯宾诺莎的那句话，因为我感知甚多，而认知则少。显而易见，我们首先必须感知，而为达到这一点，就得有东西来被感知。人们之后所做的，确实提出了一个形而上学的问题，尤其是向作家。我为什么写作？我为什么要再现这一切？有时候，人们会想，作家再现让他感到愉悦的东西。比如说，我确实很喜欢漂亮的姑娘，我的书和我的电影中都是她们，但是，我很讨厌狗，然而我的作品中却同样也有很多狗。我喜爱乡野、树木、绿地、蓬勃生长的植物，但在我的书中也好，在我的电影中也好，都没有这些东西，甚至于在电影中，我还有些憎恶绿色。这是一种我不愿意用在我电影中的材料。其实，面对绿色时的这种迟疑，有不少画家都赞同，尤其是保罗·克利。

即将用于创造的再现——这一世界的某些元素的再现——效果，又是如何在已有的经验中选择出来的呢？从来就没有任何人能真正回答这一问题。在文学中，有过一些自觉的极端人物。我说到过让·里卡尔杜，但我将引用另一位更有名也更重要的作家，他就是雷蒙·鲁塞尔。他在《我如何写作我的某些书》中宣称，他使用一本词典来选择他的题材。他闭上眼睛，随便翻到一页。始终闭着眼睛，他用一根针在这一页上随便指定一个词。而他就从这个词出发来写，这是一条规则。他的精神科医生，我记得，就是米歇尔·莱里斯的父亲，曾经这样提醒人们注意，所有这些偶然选中的词的连接，毕竟还是跟他的心理有一种异乎寻常的相似点，而一个精神分析学家在研究雷蒙·鲁塞尔的作品时，依据作品的心理特点，以及在鲁塞尔的心理世界中的特点，通常将会发现这些相同的元素。

因此，甚至都不存在一种可能的偶然性。人们还以为是凭着偶然或凭着乐趣在选择词语或主题，然而，这些选择的理由可能会彻底不同。人们也可以一直走向另一种假设，同样极端的假设：我的所有作品都是在我之外完成的。当然，依照我的性格，我是不会赞成这一说法的。这是一个很有意思的理论，但我却有相反的感觉，我觉得对我写的作品，或者对我拍摄的电影，都有一个很自觉的行动，我不认为自己是一个无意识的作家。

安德烈·布勒东及其朋友们从事的关于无意识的体验从来就没能说服我。自动写作是一种玩笑。但是，当我创造的时候，是不是有某种东西在构成，而我却浑然不觉？我之所以不喜欢精神分析学，其中一个重要理由就是，他们只能找到一些用在我小小工作中极其适宜的东西。要不我很自觉地把它们放在文本中，要不就是弗洛伊德理论的一些老船，某些不得不经由的过道，一些庞大的建筑，如同俄狄浦斯，或者母亲缺失的阴蒂。从来就没有过一个精神分析学家从我的作品出发，教过我有关我自己的什么东西，也没有从我自身出发的教诲，因为我都没被分析过。然而，这一点可以简单地说明，精神分析学是一门假科学，依然还很粗糙，它还没有必要的物质手段来重新构成某种东西。这就使得，无论如何，书本只能最终归结到书本自身，对我们作家来说，毕竟是一件很欣慰的事，因为，这意味着书本依然还在。不管莎士比亚存在过还是没存在过，莎士比亚的作品存在着。它继续活着，蓬勃生长，提出问题，并且被人阅读，每时每刻都有新的方式。

15. 仍然有许多事情发生

让我们回到上一期谈话中提到的话题，建立在空无之上的书，不妨假定我就写了一本这样的书。但我讨厌这一概念，因为，我认为，这是不可能的，既然在此之前世界上已经有了一些什么，就不可能称之为空无了。不过，我们不妨假设我成功地抽象化了“一些什么”的概念。我是如何下笔的呢？人们经常会谈到作家面对眼前的空白页写不出东西的焦虑，之所以难以写下第一个词，是因为空白页面恰如一个指责、一种侵犯、一项指令。为给一本书的开头举一个具体的例子，我乐意引用罗贝尔·潘热一本书中的第一句话，他是极其重要的新小说作家，现代主义中走在最前列的一位，非常伟大的一位作家，虽然他的书在销售方面算不上成功。我在我的文学课上经常提到潘热，因为他的书对解释文本而言是很好的载体。

《帕萨卡利亚舞曲》的开头是这样的：“平静。暗淡。毫无旋涡。或许某人会到来，弄坏客厅的时钟。”① 在我看来，这句话提纲挈领。我总是强调文学作品中第一个句子的重要性，然而这第一句话，尽管潘热自始至终否认自己是一个理论家，几乎可称为一个有模有样的理论实例。如此，一开始，什么都没

---

① “平静。暗淡。毫无旋涡。应该有什么机械的东西被砸碎了，但什么也没有显现。挂钟挂在壁炉上，指明钟点。人刚刚进屋，来到寒冷的室内，房门关着，正是冬季。”

有：平静，暗淡。甚至没有预示生活的涡流。没有，“毫无旋涡”。在这个缺失的世界中，一个人物以某种方式出场，他叫作“某人”。某人，真正是人们可以想象的不能再中性化的人物了：可以是一个小孩、一个老人、一个男人、一个女人，再极端一点儿，甚至可以是一条狗。然而，某人会到来。这第一句话真是与我在之前节目中谈到过的巴尔扎克的风格相去甚远：“路易·朗贝尔于1797年生于旺多姆地方的小城蒙图瓦……”而在这里，什么都没说，没有“蒙图瓦”，没有“旺多姆”，只有“平静”“暗淡”，和“毫无旋涡”。取代“路易·朗贝尔”的，则是“某人”，这几乎是一个疑问。理论上说，“某人”在拉丁语中应译成“homo qualunque”，相当于法语的“un homme quelconque”，即随便一个什么人，然而实际上，“某人”这个词显得更加古怪：仿佛一个幽灵……这里也没有使用过去时态的“出生于”，甚至既没有现在时的动词，也没有复合过去时的动词，而是用了一个条件式的动词：“会到来”。于是，人们就置身于一个创造的世界，也就是说，随波逐流地游荡。人们甚至可以想象，此时此刻作者在场了，“会”（serait）俨然是一个指示，指出在这个句子中有一个人的登场：作者本人。“或许某人会到来，弄坏客厅的时钟。”人们在这里感觉到，潘热对巴尔扎克的那一套不以为然，他用人物的外质特征取代了《路易·朗贝尔》一书中人物出生的具体地点和日期，人物出生在平静和暗淡中，他还弄坏时钟：这里本来就没有空间，然后又更加没有了时间。我觉得，这样为一本书开头，是十分美好的。

潘热厌恶成功之书的说法。很是奇怪，他对此怀有一种极大的仇恨。有一天，他甚至说：“一本书，一本书嘛，我想，多么自命不凡，然而，假如当真能最大限度地搞砸的话，该是多么美好的东西啊。”写一本失败的书……假如潘热的书是失败的，那我就不可能在文学课上讲它们了。或者说，我之所以在讲课中提到它们，正是因为，从某种意义上它们恰恰是成功的。

不过，以潘热的观点来看，尤其要避免环环相扣、清晰明朗的形式。一开始就布好迷雾，而不是呈现秩序，人们将持久地维持在世界的这一自由中，大量的事物可以随时产出，同样的东西可以换一副面貌重新出现。《帕萨卡利亚舞曲》中很快就出现了一具尸体，但人们却不知道那是谁杀的，也不知道被杀者是谁。他一会儿是个邻居，一会儿又很有可能是个在色情活动中牺牲的小男孩，其他时候甚至不是人类，而是一只动物。这个世界处在平静和暗淡中，没有旋涡，这一运动、这种流动性会在整本书中自行发展。每一时刻，相同的事件经由同样的点重复发生，却在故事的进展中改变了样子。帕萨卡利亚是西班牙的一种迎神形式，是指在相同地点，沿着不同的路线，一遍又一遍来来回回地重复迎神仪式。Passa calle 的意思是“沿街行进”。结果，在他的这本以仪式为名的书中，这一安排完全是成功的，尽管这种成功没有让我的朋友潘热满意。现在，他已经去世，我就可以放心说了，这本书非常伟大，建议大家都看一看。这不是一本畅销书，然而却是理解现代文学的关键小说。因为，从一切皆有可能性的这一空无出发，将会产生丰富的历险故事。

人们总是说，新小说里什么事都不发生，其实正好相反，新小说里发生了一大堆事。甚至比其他无论哪本传统小说里发生的事更多，因为它总是同时发生一件事和它的相反面，以及这同一件事的所有可能的变体。这个世界中既没空间又没时间，因为客厅的时钟被弄坏了，每一次，写作中冒险的这一面总能产生一种永久创造的现象，这让读者觉得十分敏感。它散发的既非一种忧愁，也非一种不幸，而是刚好相反的一种欣快的自由气息，它在文本中，并由文本来展开，而且，它在文本之外什么都不创造。

世界的这一创造，也即文本的创造，对我来说，与孤独现象有一种十分清晰的关系。我想，在我五十年代末的一本小说

《在迷宫里》的第一句话是这样的："现在，我独自一人待在这里，处于庇护之中。"我还记得，当我写下这个句子时，并不知道接下来会怎么样。这是一个典型的开头，有"我""这里"，还有"现在""独自一人""处于庇护"，就仿佛并不存在文本以外的外部世界。这外部世界，由这一孤独所创造，从后面紧接的句子起就自然而然地诞生了："外面下着雨，外面有人正低着头在雨中赶路……"我想，人们会在同时代的众多文本中发现书中的这一原初的孤独。"很久以来，我都早早地上床睡下"也差不多是同样的东西。一个小男孩，夜晚时突然独自一人处于自己的房间，等着母亲给他送上吸血鬼一般的一吻。是孤独本身创造了这个原本并不存在的世界，原本只有一片平静、一片暗淡……我很愿意想象，岩洞画家应该是独自一人，他并不是站在四周环绕有鼓舞士气的人群的一堵墙前。不，他正是在岩洞（不是柏拉图的岩洞）中被孤独包围，才能够在一堵墙上展现出一个世界。这种创造的孤独并不只限于文本的句子中，它还像是有一种构成能力，恰恰能构成创造本身。这么说可能过于简单，因为很快就能举出一个反例，而假如没有矛盾对立的话，那恐怕就没什么意思了。不过，总之，对我来说，孤独无论如何都是必要的。从广义上说，我必须独自一人坐在我的房间里面，才能写作。我的房间可以是新墨西哥的一个大学城的房间，它已经变成了自己家，因而我在那里可以找到那种原初的孤独。对娜塔莉·萨洛特来说，这就好比她家附近的街角咖啡馆。她所有的作品都是在她家楼下的咖啡馆里创作的，因为她不坐在咖啡馆的桌子前面就什么也写不出来，她解释说，对于她，那里就是她最好的孤独之处。我不会选萨特的例子，他同样也在咖啡馆写作，不过在那里他似乎并没有重新创造出那种必不可少的、存在主义的孤独。重点是，这种孤独包含了一些喧嚣的外部声音，如果说孤独能成功创造出一种缺失的形象，在我看来是有喧嚣声的。

说到巴尔扎克，一个非常棒的开篇则是在《赛查·皮罗多盛衰记》这部小说里。这不是他最广为人知的作品，但却是最有趣的作品之一。总之，这是令我着迷的一本书，尤其是书中的开头。由于这部小说不太为大众所知，所以我得简要讲述一下它的开头。事情发生在一个封闭的房间里，时间是拂晓，地点是巴黎一条熙来攘往的街道。这里主要是水产批发商们取道的大路，后半夜里他们就用马车把新鲜鱼虾从远处运来，然后又趁着曙光运往巴黎的中央菜市场。这本书开始于回忆，在这个房间的孤独中，回顾街道喧嚣声的一种变化。最后一拨花天酒地的叫嚷声、说话声，一点点消失在赶往菜市场的送鱼大车的喧嚣中。在这种交替变幻的喧嚣中，一个人物出现在房间里：赛查·皮罗多的妻子。皮罗多夫人身穿睡衣，躺在床上。从根本上说，她是在睡觉，但她却同时听到了一些声音传来，然后她突然察觉到一阵铃声。在她的梦里，有人打开了底层店铺的门，拉响了铃铛。这个时候，皮罗多夫人正站在她的钱柜前，有产阶级妇女的样子，精心打扮，俨然一家繁荣兴旺的商店中的收银员，因为这一时期，赛查·皮罗多已经做起了他的好买卖。她躺在床上，身穿睡衣，正在睡觉，而同时，她又站在钱柜旁边，坚守她的社会地位。这时，有人想进到商店里来。她看到，那是一个来乞求施舍的女乞丐，正是她自己。于是，第三个皮罗多夫人就这么出现了。这真是一种惊人的现代主义，因为，从来自街上的模糊喧嚣开始，突然间，一个人物就具象化出了三个不同的形象，而且都那么典型又鲜活：一个睡着的年轻女子，一个自信满满的就位的收银员，还有一个衣衫褴褛的乞求施舍的女乞丐，都是她。这样的开头实在是太迷人了。我甚至都想把它拍成电影，或许不会太大众化，然而，其中那些喧嚣声的冲击效果绝对是有力的。

说到新小说，人们谈目光谈得很多，甚至把这一运动叫作目光派，这让该派的大部分作家深感不快。以潘热为例，他说使他感兴趣的并不是目光，而是语调。娜塔莉·萨洛特也说，目光在她作品中绝不是享有特权的主线。人们会发现，当人们谈论目光派时，他们多是暗指我最初的那些小说，可他们并没有读懂。如果把《嫉妒》读成只通过一种感觉——即视觉——来表达的一本小说，那当真是荒谬，因为在《嫉妒》这本书中，声音极其重要，德国当代音乐家海纳·戈培尔甚至以从这本书中听出的声音作了一首曲子。为何对读者来说，目光享有如此的特权，我不得而知，可能是因为人们听到的要比看到的少得多。当代电影的专家、心理分析学家都说，电影观众不仅看到的极少，而且几乎什么也听不见。在电影中，要想使一个东西被观众捕捉到，必须让它同时展示在画面和原声带上。耳朵和眼睛必须同时被调动，尤其不能，哎呀别像我以前总做的那样，把人们所看的和所听的置于对立中，违背这个原则的话，观众就会彻底迷失，他们就再也听不到，这时目光就会凌驾于一切之上。《嫉妒》产生的效果差不多是这样的：人们注意到了人物看到了什么东西，却完全漏掉了他听到的声音。然而，几乎所有重要的东西，人物都听得到。那条蜈蚣首先是通过摆动它触须和颚足而发出轻微响声出现的，之后变成了火灾的喧嚣声，如此这般。在叙述结构中，第二位司机的歌声有着十分重要的作用。同样，话语尽管很受限制却极为重要。可以说，作品是由一些两两对立的人与物组织起来的（我在讲到《嫉妒》时已经提到过，男人和女人、热带天气和温带天气、客观性和主观性），甚至还可以再加上一组对立：眼睛和耳朵。就仿佛它们造出了两个叙事极点，并非为同一个叙述而相互合作的伙伴，而是正相反，对立的双方会相互角逐。这对我来说一目了然，所以我不明白，为何人们就不能一眼看穿。至今，仍然有人硬说《嫉妒》是只有一个感官的一本书。

在我看来，那些喧嚣之声在创造的开始，并在接下来的作品展开中，以及由文本酝酿催生的历险故事中具有一种极大的重要性，而且还将在文本的结构——可以叫作诗律——上具有一种音乐的重要性。人们说到新小说时，很少提及诗意。我已经受够了，就好像受够了许多其他事情，却还要强颜欢笑。文本的音乐中含有一些东西，对我来说是根本性的。人们总是强调福楼拜的“高谈阔论”。他在鲁昂附近家旁边的椴树小路上感受过高声说话的响度，他故意高声地说。我也对着自己轻声朗读最后的校样稿，轻声发音能很好地掂量重复、转换、呼应的音质，并能检测内在的韵律。在福楼拜的作品中，无论他的哪段文本，叙述的发展始终在节奏上具有某种属于诗律的东西。

关于《包法利夫人》开篇描写小查理那顶鸭舌帽的故事，我已经讲过很多，我还要在这里指出一些奇怪的东西，完全违反撰写法则，不过却是彻底福楼拜式的文笔，因此值得特别强调。福楼拜费了大量篇幅描写那顶奇形怪状的帽子的装饰结构，如此复杂，以至于变得简直无法理解。他对那鸭舌帽层层描述，运用了一些长句，句法使每一层都按照语法功能与另一层连接了起来。突然，他用最后一句话干巴巴地结束了整段描写：“帽子全新，帽舌闪闪发光。”这真是一种冲击，因为鸭舌帽一下子就完全消失在了复杂的文本中，它戛然而止，只留下“帽舌闪闪发光”。这最后的光彩，就是诗律。此外，在音乐性方面，不仅有一些或厚重或尖锐的声音，或开或闭的元音，各式各样的辅音，还有一种有节律的叙述。我想，一连串句子的节律，是某种极其重要的东西，它构成外在的喧嚣之声，又变幻为内在的喧嚣之音，就这样在一种孤独中渐渐发展。

16. 文学与意义

一本书中的色情，并不必然与色情故事或色情主题相关，对我来说，色情属性从根本上与文学创作的孤独紧密相连。这在那些伟大的孤独作品中再清晰不过了，尤其是普鲁斯特的《追忆似水年华》，情欲在里面经常出现，只是出于叙述者的孤独，也是作者本人的孤独。我与情欲的关系也是经常被提到的一个问题。由于我的书、我的电影在表面上总是与情欲有一种十分明显的关系，甚至有时偏向性虐色情，所以人们经常问我为什么。人们总是经常问作家："为什么?"事实上，他们无法回答这个问题，他们也不知道为什么。不过，从我个人来讲，色情与文学之间显然有一种重要的关系。写作是一种色情活动，而色情将成为文学领域的宠儿。

卡夫卡的作品常常被人从形而上学的角度来探讨，现在刚刚开始以色情的视角来直面它，这很可能是他书中更重要的一个方面，因为在作品中作形而上学的探讨相当传统，至少对研究卡夫卡所生活的犹太社会环境是如此。他作品中的色情和这种形而上学是矛盾的，甚至卡夫卡本人也对文本中的色情做了提醒。我觉得他差点儿就要说，任何的描写，只要相当接近事物的形体，永远都是色情的。如他实践的那样，他的描写中有吸引人之处，就是与色情有着某种亲缘关系。我很早以前就在卡夫卡的笔下感受到这一点。在他笔下，这种色情最平庸的面貌，便是如同爱抚一般的语句，描述性的语句爱抚着由文本创造出的想象物。然而，在这些之外，卡夫卡笔下的世界里还存在一些叙事现象（就是说在文本中发生的东西），好像是附加物，但实际上该放在第一位。尤其是与女仆的关系。总是一些年轻女仆，她们与人物之间极为奇怪的纠缠影响着彼此的关系，显而易见是一种尽管有所克制却极其暴烈的情欲。现在，有很多关于卡夫卡性生活或者感情生活的出版物，尤其是他与一些年轻姑娘的关系，因为我们不清楚他身上发生过什么事又没发生过什么事。对卡夫卡来说，年轻姑娘永远是他试图在真实世界中不断追寻的一种幻想的对象。他一试再试，却总是落到那些荒诞、粗野和令人失望的对象身上，跟他构想中的年轻姑娘完全不是一回事。对于卡夫卡的描写，我是这么看的，它与塑造一个幻想中的年轻姑娘的必要性相联系。他更愿意把他的作品看成是一种失败，他并不希望人们因为这一原因出版它，尤其还因为，我想，他从来就没能成功创造他如此害怕和意欲试探的年轻姑娘形象，他从来就不确信那样的姑娘可能存在。一旦他感觉一个真实的姑娘与他梦想的形象过于相像，迫不得已他就只能逃避而已。我认为，想象力——人类的想象力很大程度上被深深烙上了性的印记——会在孤独中有着基本作用。总而言之，孤独是一种自由的想象力，而在日常生活中被毁了。

听我这么说，大家恐怕会认为，我过着一种完全避世的隐士生活，逃避与真实人类的所有接触，因为我只爱孤独，但是，事实绝对不是这样的。我的时间分成了两部分，一部分给了极大的孤独，然后，突然我跳出我在诺曼底的退隐地，置身于一些文化节和盛大的公众集会，与其他作家见面，到国家广播电台谈话，有几次甚至出席低于法国文化广播级别的电台节目！这也就是说，我与这个世界保持着亲密联系，但创作的世界却是有别于此的。有些作家，比如我想到了朱利安·格林，还有他那一类的名人，太过禁锢在自己的想象里。我的情况与此完全不同。相反，我将现实世界与想象世界看作生活中光和影的两个不同的对立面，它们同时扮演着自己的角色。同时存在两种可能的生活，一种生活是世俗的世界，正如帕斯卡尔所说的“人世间”，另一种生活则要在世界之外创造一个世界，同时也将是我写作中两个互相矛盾的极点。

五十年代时，有两本书给我留下了深刻印象。它们或许不像卡夫卡或福楼拜的书那样，被我奉为创作的典范，却让我对文学进行深刻反思。说到这两本书，我觉得其中一本正好是针对另一本写作的。率先发表的是让-保罗·萨特的《文学是什么?》①。不久以后，罗兰·巴特的《写作的零度》也跟着发表了。这两本书都试图说明我自己有时候也想尝试说明的一个问题，比如我在之前的谈话中就尝试过说明，就是说，自问：文学是什么？这是我每时每刻都在不断回头谈到的一个问题。人们是否可以给它下一个定义，可以给它的构成部分下一个定义呢？今天，我谈到孤独，谈到外在的喧嚣，谈到色情的创造性想象力，等等，但我们还可以想象大量的其他东西。

萨特的书重新提到一个非常传统的立场，那就是区分形式与内容。这是学院派文学批评的老生常谈了，实在算不上中肯贴切。萨特在分析形式与内容时，首先将散文与诗歌置于对立。他设想，在散文中，已有一种预先构思好的内容，也就是说，作家的头脑中早已有了故事。或许我们该过一会儿再来讨论这种叙事的特征，不过，不管怎么说，故事一定是先于它自己的表达。其次，萨特还谈到了风格，这涉及故事将以一种怎样的形式被讲述。他没有以明确的方式给风格下定义，而只是做了一个概括性的阐释，对他来说，写作无非两种，或好或坏，写作方式要么富于音韵，要么混乱不堪：这多少好比是一道菜中的调味汁，至关重要的，还是那条鱼。照此假设，人们就不难

① 《文学是什么?》最初于1948年发表在《境遇二》中，于1964年被伽利玛出版社以口袋书形式再版。

推想，对萨特来说，在散文中，风格与叙述方式仅仅只是传达内容信息的一种方式。为了表达内容，人们必须找到最佳形式，才能达到最好的表述效果。

我不记得我是否曾在这里讲过关于装有萨特手稿的箱子的故事，我完全是出于偶然才经手的，我想这只丢失的箱子应该是被萨特的秘书让·科弄丢的，或按照我的说法，被他偷走的。大家都知道，萨特《自由之路》的最后一卷，也就是题名《最后的机会》的那卷手稿，始终未曾出版过，也没有写完。人们谈论归谈论，但它始终没有出版。有一位美国教授，乔治·鲍尔，他是一个萨特研究专家，他来到巴黎尼凯斯书店的橱窗前，认出了展出的手稿是萨特的笔迹。他走进这家书店，店主尼凯斯对他说，他买到了属于萨特的一箱文件材料。他给乔治·鲍尔看了几张纸，后者立刻认出，这就是《自由之路》所缺失的最后一卷手稿。尼凯斯对他说，他要一页一页地出售手稿，因为这样卖会赚更多钱，这促使乔治·鲍尔立即买下了整整一箱资料，签了一张大额支票，通过一番操作让它可以随意兑现。乔治·鲍尔带着这箱资料返回了洛杉矶。那时候，因为我已被聘为加利福尼亚大学洛杉矶分校的教授，他就把这个箱子放在我家。至于箱子里面嘛，真是应有尽有：洗衣单据、情书、便条，还有《最后的机会》的所有手稿。这真是相当奇怪，因为当我们研究这些稿件时，我们发现，萨特并没有精细地加工他的文本，他只是粗略地作了尝试。比如，他在某一章的第一页使用了直陈式现在时来写，句子短小，毫无修改，而接着，他又在同一页上选用历史过去时，写出一些长句。这是他遵从《文学是什么?》中的观点所做的一种尝试吗?萨特有了一个内容、一条信息（那个时期他坚持使用信息这一概念），他只是在随意尝试，寻找将它们转换的那灵光一现的形式，这与福楼拜和普鲁斯特所做的事完全相反，那两位在同一页上细细加工，耗费大量时间。可萨特却从不加工……他就这样尝试种种方法，而且总是各种各样的雏形。

萨特被指责由于吸食毒品而得以用较少的工作来产出大量的作品，跟福楼拜的艰辛努力根本没法相比。至于我，我认为这与他将散文和诗歌作了根本性的区分很有关系。对他来说，散文不是别的，只是一种有能指功能的简单的内容，而诗歌则完全不同。他说过这么一句话，我记得是："诗歌为词语服务，而散文则使用词语。"当他这么给诗歌下定义之后，人们会发现，二十世纪所有最伟大的小说都可以划入诗歌的行列，而不是划入散文行列了。像我提到的普鲁斯特、福楼拜、卡夫卡、乔伊斯：他们的作品完全就是诗，而不是散文。任何一本像我这样构思的小说作品都应划入诗歌的行列，这一点很明显地向我解释了，为什么当我读马拉美时，会带着与我读纳博科夫时同样的激情。正是与文本中的色情有着同一种关系，我才能够阅读它们。

1953 年，罗兰·巴特发表了《写作的零度》，他在其中构想了另一种命题。为了代替形式与内容的对立关系，也就是说信息与风格的对立，他设想了一种三个极点的命题：语言、风格，以及写作。在我看来，这一命题让人感觉特别有趣，我至今还是对此十分感兴趣，但是很可惜，后来没有继续讨论下去。反正罗兰·巴特本来就喜欢经常改变立场，他后来又提出了其他一些什么东西，结果这个命题就变得不再那么需要坚持下去，仅仅成了一种基本框架。尽管它很有限，却还是能拿来供文学研究之用。

对巴特来说，什么是语言？平心而论，从语言的角度看，他的书一开始非常精彩。下面这段话我曾经都能背诵，不过，我引用的句子只是差不多接近原文："我们知道，语言是规范和习惯的一种实体，在一个时期内，所有作家掌握的语言是共通的，不光是作家，所有人掌握的语言全是共通的。这就使语言看上去像一种自然本质，完完全全地贯穿于作家的整个话语表达之中，但却不为他提供任何的形式，甚至也无助于组成一种形式。语言就好像是真理的一个抽象范围，只有在范围以外，一种孤独的话语才能积淀出厚重感。”① 这一阐释真是太精彩了，几乎可以与博须埃相媲美。如此说来，语言是一种自然本质，但却是一种共通的自然本质，不由我选择。我用二十世纪的法语书写，那是因为我是二十世纪的法国人。这与个人完全无关。而风格，则正好相反，罗兰·巴特说，风格也是一种自然本质，不过却是个人的：这是属于我个人的自然本质。有句老话说："风格，即人本身。" 我的风格中会有整整一套元素，可以被看作一种自然本质，因为我并没有挑选它们：我的社会环境、我的教育背景、我阅读的书籍、我的人生经验，所有这些在不知不觉地锻造出某物，这就是我的风格。接着，就在此后，另一种东西开始了，罗兰·巴特称之为写作。对他来说，写作是一种个人的自愿的介入行为，对立于语言，对立于风格，而正是在这里，在这种偏差中，文学开始诞生。文学既不在语言中，也不在风格中，而是在写作中，是一种形式的组成结构，福楼拜是如此理解的。也就是说，那不仅仅是我，而且还是自愿介入的我，是我既依据又反对已有的文学秩序而介入在工作中。不过当然了，这一切还是有自己的限制的。以贝克特为例，他的语言就不是一种自然本质，因为他的母语是英语，而他的作品几乎都是用法语写作的：这时候，语言也将成为巴特所说的写作的一部分，因为这是作者做出的决定性选择。风格也是同样，人们可以选择，正好作为写作的缘由。不过，粗略地讲，巴特提出的命题还是经得住考验的，不管怎么说，在文学分析

① “我们知道，语言是规范和习惯的一种实体，在一个时期内，所有作家掌握的语言是共通的。这也就是说，语言是一种自然本质，完完全全地贯穿于作家的整个话语表达之中，但却不为他提供任何形式，甚至也无助于组成一种形式：语言就好像是真理的一个抽象范围，只有在此范围以外，一种孤独的话语才能积淀出厚重感。”

中即便做不了到达点也可以用作出发点。

对比巴特和萨特在一个时期里的存在和思想时，显然也会涉及他们的介入性。那个时期，这两人隶属于意识形态非常相近的阵营。他们俩都或多或少地，要么是马克思主义者，要么是亲马克思主义者，只取决于他们阅读马克思的不同方式。巴特更多地反对信息这一定义，因为信息应该靠文本的形式得以展开，而不是靠政治问题的内容。顺便提一下，我与萨特关系特别受他在这个领域内自己的波动影响，就像巴特一样，萨特也喜欢经常改变观点。这是他们个性中颇为积极的一面。他们俩都没有某些哲学家身上常有的那种古板的教条主义。萨特，在新小说出现时，曾经强烈反对这样一种如此看重形式的文学的观点。对我来说，只有重形式的才是文学，只有在形式中才有艺术。如果你重新讲一遍在《包法利夫人》中讲述过的整个故事，却替换掉其中的词汇，替换掉有韵律的句子，那么这本书也就什么都不是了。福楼拜有理由说，这件逸事的内容本身全无价值，是写作的形式才让这本书作为文学作品流芳百世。可是萨特颇为反对这一观点，那个时期他更接近于卢卡奇，我已经讲过，后者认为巴尔扎克是一位远比福楼拜更有革命性的作家。那个时期，萨特也说过一些可笑的话。《嫉妒》出版之后，他曾说："我希望罗伯-格里耶能对法属几内亚的存在多一点意识。"他去几内亚作了一次旅行，习惯性地停留了三天，只去看那些他希望看到的东西，这是指塞古·杜尔[1]的政权，它当然不是天堂，而是马克思主义的。这句话对我来说很滑稽，因为小说中没有说到，故事是发生在几内亚。当然，我曾在几内亚住过很久，作为农学研究人员在那里研究香蕉树及其培育。

---

[1] 艾哈迈德·塞古·杜尔：几内亚共和国总统，1958 年上任直至 1984 年去世。

17. 萨特的目光

面对文学，萨特有相当令人感动的一面，一种一目了然的善良意愿，但同时他又戴着很明显的有色眼镜。他看到的是他希望看到的那些东西。在他和波伏瓦的巴西之旅结束后，有人问一位在他逗留期间全程陪同的巴西记者："那么，他在这里都看到了什么呢？"记者回答："他所看到的，正是他原本想看到的那些东西。他带着一个有关巴西的观念来到这里，又带着一模一样的观念离开。"萨特极端地生活在他自己的想法之中。他视觉上的缺陷，即令他痛苦的严重斜视，影响了他与世界之间通常意义上的关系。他极少对新事物持开放态度，他在脑中有一些东西，而他看到的就只是这些。

他所谓的介入理论，来自他对自己在德军占领时期没有抵抗的遗憾。1933 年，他在柏林研究胡塞尔，却根本没有看到纳粹主义的兴起。之后，他声称，占领时期德国人出现在巴黎，完全不让他感到有任何妨碍。后来，突然之间，他有了一个发现：他应该是抵抗者才对。他就是在这一时期建立起他的介入理论，恰如在《恶心》中形成的那种萌芽，他没有继续写存在主义文学，转而投身于一种大众化的伟大小说创作，我将之与儒勒·罗曼的《善良的人们》相比，在这样的小说中，人物表达观点，当然一点儿意思也没有。此外，这也解释了，当人们在一大堆杂物中找到装有《最后的机会》手稿的箱子时，他为何会毫无兴趣。事实上，当手稿被按顺序整理好之后，乔治·

鲍尔就写信给萨特，通知他这个消息，而萨特则这样回答他：“您可以都烧掉，它一点儿价值也没有。”又一次，他改变了观点，介入理论开始动摇了。不过，写作《文学是什么?》的时期，纯粹而坚决的介入时期，他反复无常。正如他对塞利纳的评价那样，一方面他认为塞利纳是两次战争之间最伟大的作家，而同时又声称一位伟大的作家不应是反犹主义者。他每时每刻都在与这一类矛盾作斗争，甚至在文学之外的其他领域。我记得，当他去看罗伯特·拉布亚德的画展时，一开始他一言不发，直到人们提醒他注意那些作品的标题，《阿尔及尔的五月一日》之类的标题。从这时开始，他才发现展览迷人极了，并开始对这位画家产生了热情。他为拉布亚德写了十页纸的展品名录，非常有趣，就像他所写的所有东西一样。

萨特曾经批判我的作品，出于跟卢卡奇一样的理由，他认为我那些作品是颓废的资产阶级形式主义。然而，在 1960 年突然发生了 121 人宣言事件①，他不是宣言的撰写者而是推动者，是莫里斯·布朗肖撰写了其中的很大一部分。他发现，第一批采集到的签名正是新小说作家们的，也就是被他攻击为资产阶级形式主义的那些人，于是，他的慷慨大方和随机应变就占了上风，他转而相信，我们或许还不是那么糟糕的人。当时恰好我的电影《去年在马里昂巴德》拍摄完成，我讲过，电影遭到了咒骂：电影的故事对制片方来说，特别是对发行商来说是如此难以理解，它被判决留在胶卷盒子里，永远不公映；另外，雷乃和我本人都签署了 121 人宣言，我们又遭到了整个法国的咒骂，人们认为我们这是在本国军队的背后打黑枪。由于这个原因，我们被禁止在媒体中曝光，在电视、广播和电影节都遭

---

① 1960 年 9 月 6 日，121 名作家、大学教员和艺术家发表了一份《关于在阿尔及利亚战争中有权不服从命令的宣言》，刊登在《真理—自由》杂志 1960 年第 4 期（9 月—10 月）上。

遇了封杀。当时，我们在圣克卢的电影厂私下放映此片给安东尼奥尼、布勒东，以及其他一些知名人士看，我们也邀请了萨特，由我带他来。结果，萨特对《去年在马里昂巴德》非常着迷。放映结束后，他对我说，假如他对我的作品曾一度持保留意见的话，那么他以后则会与此相反地全力支持《去年在马里昂巴德》。我很惊讶，不过很显然，他是因为我签署了121人宣言才喜爱上这部电影的……这正是他个人品行中非常动人的一个侧面：在他人面前，他并不拘泥于自己的观点，他很大度，一旦认定对方是朋友就会立刻向他敞开怀抱。他对我说："您感到惊讶吗？"我回答他说："是啊，有一点儿，这可不像是您一贯捍卫的那一类东西啊。"然而，他欢呼起来："这一次，您就相信我吧！"

基于逻辑判断，我认为他会在《现代》杂志上发表一篇文章。可是，文章并没有出现。六个月以后，当我像往常一样一直等待萨特写来一篇文章时，却从威尼斯电影节传来电影捧得金狮奖的消息，它摇身一变，一下子就从唾弃之物变成了热门之物。威尼斯金狮奖意味着电影在影院的大量放映，报纸上整页整版的报道评论，以及人们能想象的在大众媒体和巴黎时尚方面的一切反响。这时候，《现代》杂志上才终于出现了一篇文章，但署名的并不是萨特，而是他的一位信徒，我猜应该是波伏瓦"女公爵"的一个情人，电影评论的专栏作家。这是一篇二十页纸的抨击，主旨就是解释这部电影是彻头彻尾的耻辱，而文章以这样一句令人难忘的句子结尾："当人们正在把阿尔及利亚人扔进塞纳河的此刻，我真是羞于浪费如此多的篇幅在这样一部将当今政治背景完全隐没掉的电影上面！"如此愚蠢的句子实在少见！

不久之后，我偶然去一个小酒馆用餐，正好是阿尔及利亚人开的，我在那里碰到了萨特。当然，他并没看到我，因为他什么也看不到，不过我快步上前向他问好，并对他说："很高兴又见到你！说起关于我电影的那篇文章，你到底是想支持什么呢？”他回答我说：“你知道，《现代》杂志并不是一个一言堂，我的电影批评家和我的口味不完全一样，而每个人都可以讲出自己的想法。”那当然了！在《现代》杂志上，每个人都可以讲出自己的想法，但那是在没有被删除的情况下！不过，这是一家思想远没有那么开放的杂志，“女公爵”在有意识地警戒着一切。从另一方面讲，在那里占统治地位的介入概念可以反过来反对介入者。我回想起同一个时期的一位共产主义者、批评家，乔治·萨杜尔，他来看了电影《去年在马里昂巴德》。他感到非常为难，因为他很喜欢雷乃，但他却觉得这部电影实在令人遗憾。放映结束后，萨杜尔对我说，这部电影完全没有提及现实世界，没有提及政治大环境。而我回答他说：“可是，这怎么会呢？您难道没有看到吗？这里面有一个巨大的隐喻呢！那就是权势社会的话语完全忽视了现实世界！”这句话把他给唬住了，没几天后，他发表了一篇文章，这篇文章后来收录在他的一部选集中，他在文章中写道：“尽管有一个出自阿兰·罗伯-格里耶手笔的叫人彻头彻尾看不懂的剧本，阿兰·雷乃却成功地完成了一次漂亮的诠释，揭示了当权阶层以及他们的话语……”这态度简直是没治了！

作家的介入到底是什么？对我来说，就跟任何一个艺术家的介入一样。他投身于他的工作中。没错，塞利纳本人的政治立场属于极右，但这种政治介入并不重要，重要的是，他的作品体现出革命性的面貌，而且作者本人全心全意地投入到创作中。我主张作家保有一种谦逊，不要无论什么都去插上一手。他不能借口写过三部小说，就有权对当下的重大问题指手画脚。我对介入也持更加谦逊的观点，我认为，不能因为你写了几篇小说，画了几幅画，变得有名之后，你就有权决定这个社会的出路。人们拥有的唯一权利就是谈论自己的职业，这才是重要的。在这个问题上，巴特的观点与我一致，即便是在他的布莱希特时期。从某种意义上说，我认为我是一名介入作家，这就是说，我的作品和福楼拜的作品一样，完全没有跟我身处的世界割裂得干干净净。人们甚至可以说，巴尔扎克的作品才是不介入的，因为他与哲学的巨大进展以及与新兴的科学相割裂。我所宣称的作家有权做的介入，是一种投入于他自己工作之中的完完全全的介入，这就要求他不必那么在意别人怎样期待他，要求他全身心地自我奉献到他所带来的那个世界中去。很显然，作为一种介入，这样的介入方式并不那么显眼，但与此同时，它却使得 1914 年战争之前的最伟大革命作家的头衔落在普鲁斯特头上。普鲁斯特作品所涉及的问题跟那个时期无产阶级的进展没有一丁点儿关系，他的《追忆似水年华》发生在一个腐朽的社会阶层中，那是他想象出来的公爵夫人们的阶层，因为这对他来说是一个充满了兴奋刺激的想象中的阶层。带着这些素材，他一头扎进他的写作中，创作出了一部不仅仅将在文学史中，更将在社会历史的长河中永世长存的作品。

几年以后，我又见到萨特，会面时间相当长，气氛也完全改变了。他还是那么善变，而他的介入理论则随着时间的推移呈现出了明显的波动。

我是在列宁格勒再见到他的，在那里，俄罗斯作家协会邀请世界上其他一些非共产主义国家的作者，尤其是意大利和法国的作家，来开一场友好的会议。就这样，我们在列宁格勒停留了八天，之后还到了莫斯科。当时正值苏共第二十次代表大会之后①，于是，我想象，随着去斯大林化，有可能会有一种互相靠拢的意愿，反思以往对资产阶级文学的批判。事实上，再没有比苏维埃文学更糟的资产阶级文学了，这是最显而易见的例子。法国代表团的人员构成很古怪：萨特、西蒙娜·德·波伏瓦、娜塔莉·萨洛特和我。当然，这对法国文学的整体而言

① 苏联共产党第二十次代表大会于 1956 年 2 月 14 日至 25 日在莫斯科召开。

不是很有代表性，不过，这是苏联人的选择，而我们倒是很乐意到那里去。我们很快就知道了，那些邀请我们前往的人，事实上是制度中的老流氓，参与了斯大林主义的所有卑劣行径、所有的大清洗，等等。比如，里面有一位非凡的人物，伊利亚·爱伦堡，一个异常聪明的男人，但同时更是一个国际大骗子。他法语说得很好，曾在巴黎学习过，甚至还是巴黎高等师范学校的学生。我要举个例子说明这个人在思想上的诚实。当我们见面时，他对我提起的第一件事，就是称赞我的小说《窥视者》当真是一本美妙的书。我对他说，俄语是这本书还未翻译的罕有语种之一，假如他能为之做点什么的话就好了，因为他在文学界相当有权力，他回答我说："不，在这里是不可能的。"我问他《窥视者》在俄罗斯是不是被禁的一类书，他带着一种平静的自信回答我说："根本不是！在我们这儿没有任何禁令。在文学方面，我们当然是绝对自由的，只不过没人能明白这本书说的到底是什么，因为这本神秘的书的基底是一桩性犯罪案件。说到性犯罪，就像通常意义上的性问题一样，是资本主义制度中劳动异化的产物。在这里，资本主义制度消失了，所以劳动便不再异化，也就不再有性犯罪了。"真是太令人震惊了！我反驳道："听着，您别欺骗全世界了，报纸上不再有性犯罪的报道，是因为你们对此闭口不谈，但这并不是说它在这里就不存在！"

萨特是法国代表团的团长，他整天考虑的大课题就是如何讨好所有人，这样的考虑一方面让他变换立场的同时也很矛盾。不过他是一位特别能说的演讲者，他用精彩的方式争论各种各样的主题，观点永远有趣并且饱含激情。我在这里顺便提醒大家，鲍里斯·维昂在与萨特产生不和之后，曾用这样的句子描述萨特："不论什么主题，不论谈的是什么，都能口若悬河，你怎么能不钦佩这样一个男人呢？"这么说是有一点儿夸张，不过维昂本来就是一个爱开玩笑的人。然而，萨特的确能就几乎所有的话题进行讨论，而且总是那么有趣。《现代》杂志的秘书贝尔纳·潘戈以法国代表团的名义宣读了一份简要报告。面对经过筛选的所有苏联与会者，大会不是谁都可以入场的，他在报告中解释道，萨特用《恶心》这部作品构思了存在主义文学，它本该有一个继续，然而不幸的是，大战以后，他个人的介入理论使萨特偏离了这条路，而现今真正的存在主义文学都出自萨洛特和我的笔下。萨特亲切的态度实在是意味深长，因为是他让报告这样讲的，并且他也赞同。虽然几年前他对我持批判态度，如今我却摇身一变，成了他的继承者和他的正统弟子。至于萨洛特，从她那方面来讲，并没觉得这事有多好玩。她早先和萨特关系很密切，可波伏瓦女士的监视让他们恼火。她受不了萨特频繁接触知识女性，她只宽容那些时髦小姑娘。于是，这就成了萨特和我之间的一次大大的拥抱。而在第二天，他得以在一次正式讲话——这次即兴讲话完全为讨好我们的主人，那些苏联流氓们——中解释道，新小说和社会主义现实主义完全是一模一样的东西，这真的是太过分了！然而很有趣。此外，这次研讨会的文件汇编还发表在一份意大利的杂志上。参加会议的有意大利共产党员，比如圭多·皮奥维内，但还有一些略微可疑的人，比如萨洛特和我，代表法国。

事实上，我经常无法抓住萨特的思想。比如，我从来就读不了《存在与虚无》。请注意，海德格尔也同样读不了，海德格尔说他完全读不明白！这是一种极其纷乱和自愿迷茫的思想。他思想的增殖经常使得文本篇幅变得异常的大，而且往往完成不了。这可不是《想象》的情况，说起来，这本书仅只构成了一整部作品的第一卷，而这部作品从来就没有问世过，而我对此也并没有留下特别明显的记忆。

18. 新的自传契约

在新小说的历史中，有一些变化并不是根本性的扭转，而是小小的改动，别人这么说过。在我们之间从来就没有完全一致的理论，每个人在锻造各自文本的同时也都在锻造各自的理论，而且，我们中没有一个人会感到，在写作新的文本时通过理论化彼此联系到了一起，或许除了让·里卡尔杜，他正是相信了他的理论为真理。然而对我来说，或是对克洛德·西蒙来说，理论是对文学的一种反思，因而，它更多的是理论概述。值得注意的是，作品本身就在波动、在演变，我敢这么说，新小说从诞生以来的四十年里，就在以一种协调的方式不断地起伏与发展。不同的作家常常是在互相平行的道路上作着各自的革新。

第一阶段，即五十年代，批评家们谈到了人物的消失：事实上，人物的效果始终存在，在构建世界的每一本书中，尤其存在有一种中心意识，即便它本身是个空洞，就像在《嫉妒》中那样。一对对人物相互竞争，正如我已经提过的，还是在一个协调一致的意识的内部活动。基于这一原因，这些书并没有像批评界声称的具有那样的革命性，在某种意义上，它们直接地继承了萨特的《恶心》和加缪的《局外人》，尤其是卡大卡和福克纳的作品。

与此相反，从六十年代开始，我在我的文字中启动了一种转向，这种转变起始于《在迷宫里》，而《幽会的房子》则真正标志着与之前的决裂。种种矛盾在不同的叙事极点之间增生，活像是彼此间争权夺利的样子，就仿佛，不同的人物在叙述上拼命地争取掌握主动权，构建以他自己的意识为中心的一个世界。以上情况不仅体现在人物之间，也体现在背景、地点之间。在《幽会的房子》中，位于香港的蓝色别墅花园本身就已经是一个叙事极点，从一开篇就表现为混乱和颠覆的源头：一种非常理性主义的叙述意识，试图讲述那一晚发生的事，当时英国警察闯入这所提供给西方人寻欢作乐的房子。这种意识，一直致力于恢复秩序，每一次都返回到原点，而故事也就消失在了不可压缩的蜿蜒曲折和变数中："我乘出租车，约九点十分到达蓝色别墅。"这很清晰，很明确，人们几乎可以相信叙述者，就像相信路易·朗贝尔本人一样！然而接下来的句子却是："长满浓密植物的花园把仿大理石的大楼围起来。"这个长满浓密植物的花园将立即显示出它与一种障碍物的亲缘关系，这一障碍对理性主义者来说是不可跨越的，他们无论如何也到达不了房子，而只会迷失在反复出现的一座座雕塑之间，这些雕塑再现的场面非常写实，然而却很有问题。

所有这些东西来源于一段真实经历，我经常讲到，蓝色别墅本身所依据的原型，就是维多利亚·奥坎波的房子，位于布宜诺斯艾利斯郊外的蒂格雷河畔，那房子里全是她年轻美貌时的形象，也就是说1910年的样子，那是由特鲁柏茨科伊创作的一些雕塑，以及由一些知名画家创作的素描和油画。而蓝色别墅的女主人阿瓦夫人，或多或少有些像维多利亚·奥坎波，她非常不喜欢开玩笑。而那座花园则源于香港的万金油花园。在远东有两座万金油花园，一座在香港，另一座在新加坡。万金油在中国是一种万能药剂，用于对付所有疾病，不仅能治头痛和风湿，对医治男性机能萎靡也有很好的疗效。由于它的药物成分以樟脑为主，这当然大有益处啦。这个将老虎万金油推向商业化的公司极其富有，并建造了这两座花园，花园中充满了大量的巨兽雕塑。真的是奇特极了。我不知道香港的那座花园是不是依然存在。当年它位于维多利亚岛上，路线大概是坐缆车上山再步行下到山脚就会经过万金油花园。现在那里迅速增加了许多公租房，不过在当时，那里完全是一片未开化的景象。那时，香港的现代化大厦都集中在九龙。好吧，说到底，我就是被那座花园彻底吸引住了，不过，小说中蓝色别墅花园里的那些雕塑，显然一点儿也不像亚洲的巨兽雕塑。那是一些我自己的作品，或我所感兴趣的作品的碎片，以活动的雕塑状态出现，就是说，能够变化。大家在其中还能看到别的东西，比如说那个窥视者以及他的自行车。于是，这座花园自己变成了叙事极点中的一员。另外，同样的，这个蓝色别墅，恰如它在小说中的样子，是真实存在于上海的一处娱乐场所的变体，那就是“大世界”。埃德加·富尔在他的一本书中谈到过，因为他经常出入那里。那是在大战以前，不过等到我去那里的时代，它已经变成用于文化宣传的一栋建筑了。“大世界”（不管怎么说，我小说中的蓝色别墅就是这样的）同时还是一个高档妓院，有高级妓女，游戏室，以及一个舞台，用于表演，尤其是色情表演。蓝色别墅也有一个小剧场，扮演自己叙事极点的角色，大厅的后面有一个院子，摆放着各种各样的布景：这也是大剧场保存布景的一种迷人方式（西勃尔伯格甚至用存放在巨大仓库中的拜罗伊特的布景拍了一部电影）。

在《幽会的房子》中，那些不同的叙事极点参与的这场角力，会使阅读者再也不能安心处于任何一个中心，因为不断有新的中心生成新的世界。这个文学时期，对我来说，意味着从《幽会的房子》到《吉娜》，或至少到《金三角的回忆》。

接下来，还有一个第三阶段，具有一种急增的复杂性，而极点之一则带上了我本人的姓名。这些时期在我所有的伙伴身上都存在过。也就是说，以《情人》为例的话，它就是玛格丽特·杜拉斯本人公开（但是虚假）的青少年时代。在同一时期，克洛德·西蒙出版了《农事诗》，而我则推出了第三阶段的三卷书，《重现的镜子》《昂热丽克或迷醉》和《科兰特的最后日子》。我再也不在书的封面上写上“小说”的字样，而是什么也不写，这就让批评家们可以说那是自传。自传专家们则抗议这种论调，尤其是菲利普·勒热纳，他刚刚出版了《自传契约》，参考文献般的著作，非常有趣，但我随之就对此极为反对。

在这部论著中，菲利普·勒热纳试图规范自传作品的定义。他列出一些假定的规则，声称构建了自传作者应该尊重的阅读契约，而他的主要条款中有两点是绝对无法接受的。第一条是：“只有当人们懂得了自己的生存意义之后才能写作自传。”显然，这一点和我不沾边，我写作恰恰是因为我不懂。有一些作者写作是因为他们深刻懂得了这个世界并向人们解释它，而还有一些作者写作是因为他们并没有懂，我将这两者对立起来，对于自传也是同样。假如说，我以自己的名义公开引入我本人的经历，就像在《重现的镜子》一书中所做的那样，那恰恰是因为我就是我所不懂的事物中的一部分。我不光是不懂这个世界，甚至也不懂我自己，正因为如此，我才自说自话。勒热纳的第二条规则是：“自传作者可以弄错，但无权撒谎。”在这里，我真是彻底震惊了，因为勒热纳举了一个例子，提到了现代的伟大自传作品《墓畔回忆录》。然而，在这部非常出色的迷人的书中，夏多布里昂不停地撒谎，他把自己塑造成一个人物，并讲述大量的完全虚构的故事。人们甚至会想到，他从未到过尼亚加拉瀑布。他所讲述的一切，例如他在布拉格之旅中遇到法国王位的觊觎者之类，很大程度上都是幻想。这是一部太美的幻想自传，作者本人在其中就像是一个幻影。夏多布里昂的父亲，孔堡的房子，通通都是幻想。我在三卷的伪自传中大量重现了《墓畔回忆录》的一些段落，这三卷文字我称之为“传奇故事”。不过，对于我在以“我”自称的三部曲中伪造生平的方式，勒热纳立即予以反对。几乎可以说，我是对他个人进行了一种侮辱：我践踏他的自恋权利，而这是难以容忍的。有一天，他来到蓬皮杜文化中心，当时我正在那里做一个关于新传记的报告，如此称呼完全是借以影射新小说，勒热纳在大厅里大嚷大叫地辱骂我，说我是愚弄所有人的骗子。一位如此一本正经的教授发怒到了这一地步，真的很叫人触动。随后，他的怒气减弱，我们就握手言和了。他承认他定义的自传同样也是一个幻想，所以人们有权并不遵照执行。他甚至邀请我参加有关传记的讨论会，我们在会上相谈甚欢。

那么，在上文提到的这些书里到底有些什么东西呢？《墓畔回忆录》首先包含了一些相当古怪的片段，转向一种并不属于那个时代的，而且夏多布里昂也不可能认识到的现代性。我想起，有那么一个时刻，他卡在奥地利边境。他要到布拉格去见未来的查理五世，他的护照有些不符合规矩，因此不得不等待合法手续下发。于是他暂时留在了波希米亚边境处的一个小旅店里，因为有点儿厌烦，所以就以一种惊人的事无巨细的方式一一描述他房间中的所有家具。他不断地加入内容，最后以这样一句结尾："啊！这一段可是取悦了我们的现代青年啊！"就好像他是在讽刺新小说一样！显然，我的作品被夏多布里昂的叙述感染，不仅仅是他的文风，对此我多次反复戏仿，并且已引起了批评界的注意，另外还有一种描述我童年生活地点的方式。我出生的那座房子，位于喀朗果夫，尽管有楼层，但很朴素，用掺了纤维的灰泥建造，由于它建在一块军事用地上，因此人们无权把它建得太坚固。鉴于它在大战中被摧毁，和它一同被摧毁的还有布雷斯特整座城市，现如今人们就把它重建得很坚固，然而它却再也不是我童年时那座锌皮屋顶麦草泥墙的老房子了。当我在《重现的镜子》中谈到这座房子时，它渐渐变成了孔堡的样子。它换了名字，成了花岗岩建造的，它在我本人生平中出现，或是在我想象中的本人生平中出现，使我相当触动，仿佛我自己就是文学本身。正是文学使我成为我自己。

当然了，这也同样是一种幻想。

在三部曲的第一卷《重现的镜子》中，亨利·科兰特是想象中的人物，或者不如说，在很大程度上是想象人物，就相当于杜拉斯的《情人》一书中的那个中国人，他在她的作品中很大程度上也是想象的。曾经存在过一个亨利·科兰特，但这对我来说根本就无所谓，因为，在我的作品中，他被重新创造，并有点儿变成了夏多布里昂本人。此外，在这第一卷中，有一种从亨利·科兰特逐渐转变为我父亲的过程，而在第三卷《科兰特的最后日子》中，则有一种从亨利·科兰特到我本人的逐渐转变，也就是说，我突然改变了世代。

这种自传效果触动了阅读者，至少《重现的镜子》的情况是这样。这本书推出以后，比我的其他小说取得了更大的成功，人们感到一种与我拉近的效果。我在其中大量地谈到我的家庭，非常生动，极右的无政府主义派，一些细节几乎与勒热纳的契约兼容，既然它们是真实的，假如可以这样说的话，正因如此我才能相信自身存在的真实性，因为，一方面我对此并不明白，而另一方面我则有深刻的生活体验，所以，我所讲述的一切很大程度上是一种幻想。我提到的一些童年场景，连我自己也不再知道它们是真还是假。我想，这对于所有人来说都是一样的，而当夏多布里昂撒谎时，他很可能是真诚的。他使劲想象他到过尼亚加拉瀑布，这样就能讲得如同他身临其境。

这种与读者间的亲近感，我试图弄清它是如何起作用的。比如，当我提到我父亲时，我说“爸爸”，而读者会突然想到作者也和所有人一样有父亲，他和我是一样的，我也是个普通人，尽管我被认为是他们见过的最没有人味的作家之一。读者没有发现，在《重现的镜子》中，我父亲出现时实际上有两种称呼：有时候他被叫作“爸爸”，而有时候则是“我的父亲”。然而，“爸爸”和“我的父亲”却不是在同一天出生的。他们之间在年龄上是有差别的，假如人们观察得更仔细的话，他们就会发现，被叫作“我的父亲”的那个人其实并不是我本人的父亲，而是夏多布里昂的父亲，我们曾听闻过这位著名的父亲在孔堡城堡高楼的房间中踏响的步伐，那么地令人印象深刻。

19. 幻想、幽灵和疯狂

在我称作“传奇故事”的三部曲当中，《昂热丽克或迷醉》与《科兰特的最后日子》相比《重现的镜子》在读者中没那么成功，我很清楚这是怎么回事：有关童年的自传叙述在这两本书中出现得少很多。在这两部书中，可考证的自传层面的叙述也还是有的，只不过，真正迅速占据上风的，是一种幻想。

《重现的镜子》建立在家庭故事上，一部罗伯-格里耶家族的编年史。第二卷《昂热丽克或迷醉》则更多地把重点放在我的性幻想上，于是，幻觉的东西就在那里占了上风。其实，这种幻觉在《重现的镜子》里已经出现了，尤其是隐藏在凯尔特传说的形式之下，这些传说抚慰着我的布列塔尼童年生活，而且，很奇怪的是，我还不时在传说中取材，描画我家族编年史中曾祖父母的那一页。事实上，在我小时候，我经常认为，那一段故事，也就是我第一卷的书名《重现的镜子》中镜子的故事，就是我曾祖父真实生活的写照：他是布里尼奥冈的海关职员，就在莱昂海岸那一带，他将会在某一天遇到一个昏倒在海滩上的男人，双臂中紧紧抱着一面从海里捞回来的镜子。我后来又找到了这个故事，它叫《漂流的镜子》，是阿纳托利·勒布拉兹的《死亡传说》中的一个故事。海关人员的工作之一就是让人尊重漂流物所有权法，因为经常有很多船只撞毁在布列塔尼险象环生的海岸上，那些物件、木头和碎片被抛回到海滩上。海洋法对于这些残片的所有权有很严苛的规定。假如有人在海里捞到这些残片，那么就归这个捕捞者所有。与此相反，假如残片是在岸上被发现的，那么漂流物所有权法就生效了，这些残片一部分归海关关务员，一部分归地方行政部门，还有一部分归在陆岸上捡到这些残片的人所有。海关关务员监督人们尊重漂流物的所有权，他们时刻监视着被冲回到海岸上的一切物品。当然了，有人指控布列塔尼的农民故意放出错误的航标信号，欺骗这些船只，然后使它们倾翻，只为得到船上的货物。要知道，喀朗果夫的那栋可怜房子里所有笨重的家具，当年都是用在海上漂流后最终被抛上了岸的桃花心木的木材制作的，而依照海关规定，被我的海关关务员曾祖父得到的木材后来就归了他。

第三卷《科兰特的最后日子》里的幻想还要更多。传说越来越占据上风。科兰特完全变成了一个想象中的人物，他住在沃邦的一个城堡中，曾经我差点儿就买下了它（还好，我根本没钱买下）。这座城堡面向大海，开凿在岩石上，正好坐落在菲尼斯泰尔海岸，人们无权改变它的表面外观，于是，暴风雨的日子里，暴雨和风浪都从窗口侵入。第二次世界大战期间，德国人占领了这个区域，他们对这种类型的建筑物实行保护，结果比沃邦时期还有效，尤其是因为他们挖掘了地道。科兰特就住在这里，与这些地道类似的东西在意识的幻觉发挥中扮演了至关重要的角色，使得科兰特总是倾向走入更深的海底。

这种幻觉逐渐展开，最终入侵到整个叙述领域，对我来说很重要，因为我由此感觉到，连我本人好像也渐渐被自己的幻象入侵了。最明显的是，在这三大卷伪自传中，不管什么样的幻象，都拥有某个集体性的外观。在《昂热丽克或迷醉》中，有我个人的施虐色情幻想，但同样，它也越来越成为我们这个社会的巨大指代，举例来说，就像 1914 年的战争。我生于 1922 年，大战的时候我还没有出生，可是在我整个幼年时期始终受到巨大的影响。

我的父亲作为士兵在战壕中参与了这场战争，更糟糕的是，他还是坑道中的布雷兵。他参与的就是所谓的“地道战”，而这已经与幻想扯上关系了，因为他们是在敌人的地道下面再挖地道，为了把它们炸掉，他们时刻注意着动静，了解在他们头顶上方是否有德国的布雷兵。我的父亲对这些故事守口如瓶，可这一切还是渗入到我家的边边角角，爸爸被弄伤了面部，他有好几次被地雷炸到，被说是“破了相”。有些麻烦他很可能没说。我年轻时，有一件事一直让我觉得好笑，那就是他为了被认定为疯癫而与国家打了好多年的官司。由于在战争中受伤，他享受了抚恤金，获得了十字勋章，然而，他仍然想要被官方认定为由于战争的原因而致疯。他在请律师方面不需要花费一分钱，因为“战争损伤致破相”协会可以支付他的费用。说到我父亲真有些疯这件事，他正因为疯得那么厉害，才想要官方认定他的疯，这一点的确有些滑稽好笑。这完全没有悲剧的效果，反而怪可笑的，最终，他被认定为疯癫，可是判决书却说，他很可能出生时就不太正常，所以这跟战争期间的颅部创伤一点儿也没关系。

那个时候还没有战地摄影师，只有些版画，我们家有一整套叫作《插图集》的月刊杂志，上面反映了四年的战争的图像。这是一些精装的厚图册，特大的开本，尤其对小孩子来说显得很大，1914 年开始的整个战争都用图画的形式表现出来，然而，却是以一种相当冠冕堂皇的英雄主义话语来展现，毫无苦难可言。战争变成了一种英雄般的事业，这显然应该在我的想象力中扮演大篇幅戏份，而它也确实出现在了我的三部曲作品中，而且还变成了越发疯狂的想象。凡尔登最终坐落在布罗赛利安德森林里，跟布列塔尼的女巫在一起，所有这些都与我幼年时听到的民间传说交织在一起。那面漂流的镜子的故事，也不是勒布拉兹原版的那样，在《重现的镜子》中变成了一种内心的幻想。一名男子，一个我们经常在布列塔尼见到的骑士，深夜时分，看到距海滩相当远的地方有一个闪闪发光的物件漂在海浪中。他便骑到马上踏入波涛里，这时大海开始涨潮，海浪涨得越来越高，那物件也晃动得越来越厉害。接近以后，他发现原来是漂浮在水中的一面大镜子，有着桃花心木雕刻的框架。月光反射在表面，亮晶晶的。他尽可能地靠近它，好把它捞上来，但是他的马却害怕了，因为它看到了骑士没有注意到的什么东西。它奋力挣脱，跑向海岸，骑士从马背上摔了下来，勉强在水里游着，与海浪搏斗。

仍然是在我小时候，有一部电影给我留下过深刻印象，它取材自一本叫作《白马骑手》（*Der Schimmelreiter*）的小说。这个北欧式的小篇幅故事中有一段，讲述了一位骑士与涨起的海浪搏斗，很像是弗里斯镇的景象。这部取材自著名小说的电影给我很大冲击，科兰特所骑的那匹马很可能就来自那位白马骑手。不管怎么说，这是一匹白马，Schimmel 在德语中就是白马的意思。科兰特最后终于把这面镜子带回了海岸，当他累瘫在沙滩上时，他注意到，有一副面孔好似深深地刻在海蓝色的镜子里，那正是他未婚妻的面孔，她已经死了很久，是以一种很戏剧化的方式溺死的。人们渐渐发现，他本身或许就是那个凶手，因为她并不是死于一次意外的溺水，而是在水下捕鱼时被一支鱼镖精确地扎入身体而死。于是，这件事既是布列塔尼地方广为人知的一个传说，被阿纳托利·勒布拉兹编入故事集中，同时又让我觉得与我曾祖父海关关务员的故事很接近。除此以外，它还是一个在我脑子中一点一滴地发展起来的幻觉，围绕着与大海搏斗这件事而形成的一种幻觉。1914 年的战争最终完全与所有这些幻觉掺和在一起，尤其是通过马，马在这场战争中可是扮演了一个很重要的角色。在《插图集》的那些版画中，人们能看到好多马拖着大炮炮架奔驰，有种伟大而且传奇的感觉，在克洛德·西蒙的作品中也能找到这一点，作为一名骑兵，他被另一次战争即 1940 年的那次战争打上了深深的烙印。法国人总把第一次世界大战称为伟大战争，而在布列塔尼，人们也爱把大西洋叫作 armor braz，意思就是“伟大的海”。

在这最后一卷传奇故事中，传说迅速地色情化了；那位骑手，不管怎么说，在某些故事中还叫作骑手西蒙，在这里却成了女巫们的猎物，这些女巫分为两类：老女巫，她们不是性的对象；还有年轻女巫，她们则是最危险的。米什莱在《女巫》一书中声称，在宗教裁判所的大镇压中，人们烧死的女巫数量远比男巫要多得多，而这些女巫都年轻又美貌。对他来说，一个女巫多少有点儿像“封面女郎”那种类型，她们因自身的年轻美貌而成为男性欲望的猎物，也因为同样的原因被认定为恶魔。于是，人们对她们严刑拷打，只因为她们年轻美貌，而且人们这样做时，显然还心情愉悦。米什莱的这种幻想早早地被罗兰·巴特在他的《米什莱》一书中加以揭示。我之所以说是早早的，是因为，米什莱的日记那时候还没有公开发表。米什莱可以说是共和国的传奇父辈，因为正是他决定了，法国的形象要由一个胸部裸露的年轻姑娘来表现。要知道，所有的欧洲强国都选了阳刚的和进攻性的动物形象作为国徽，比如雄狮、雄鹰，唯独法国的形象是一位袒胸露乳的年轻姑娘。米什莱家族对玛丽安娜①之父的身份紧抓不放，而对米什莱的私人日记发表一事却抓得很松，于是我们得以在其中发现，他与年轻妻子之间的关系真是变态，另外，他还渴望年轻姑娘们的鲜血。这些信息在我的书中明显有不少篇幅，而很快地，其他作家，例如米什莱，也成了小说中的人物。

当我说我是由文学材料构造时，我指的并不仅仅是那些被我赞叹的伟大文学，比如卡夫卡或福楼拜的作品，我还指那些与我相去甚远的拥有伟大品质的作家，比如米什莱或夏多布里昂，以及并没有被承认为伟大作家的一些作者。他们中的一员，

① Marianne 是法国国徽上年轻女郎的名字。——译者注

鲁德亚德·吉卜林，就在我个人的幻想中扮演了一个至关重要的角色。在我小时候，我像所有小男孩一样，读吉卜林的书。我读了《丛林之书》，但我很早就发现了那些关于印度的故事，编在一个集子里的稀奇古怪的吓人故事，故事中的士兵们被幽灵和视觉幻象折磨得够呛。这些在《幽灵人力车》《失落的军团》《走私的破坏者》或《阴影下42度》里的人物，几乎都成了我自己身上的元素，就好像我本人也是由这些材料创造的，也是所有在营房的孤独中变疯的士兵。频繁接触文学中这些变疯的人物，加上我父亲本人也是疯子这件事，所有这些很可能是推动我后来成为作家的巨大一环。这就仿佛文学即是疯狂的世界，仿佛文学除了疯狂别无他物。也就是说，卡夫卡、福楼拜或纳博科夫笔下的人物都可以被认为是疯子，或是凶手，或者同时都是。

在这个系列的谈话节目中，我已经讲过友善的埃米尔·昂利奥写的关于我的第一篇文章，他在文中解释说，我无疑是个疯子，而且非常可能是一个凶手。这真是突如其来的暴力，然而这位老年院士活在一个平静而令人安心的世界里，他总保持着一种慈父般温厚的优雅姿态。他写过一本小说，书名叫《布拉迪斯拉发的玫瑰》，那完全是另外一回事……我身处的文学完全是一个疯狂的世界。很显然，如果说我突然间就恢复了塞利纳在名人堂中的地位，那也并非一种偶然，或许还有那位真实的普鲁斯特，不是人们通常看到的贪恋名利的那个他，而是从不停止探索个人疯狂一面的那个相反的他。我为什么不能理解我是谁？因为我是疯子，所以无法理解。我为尝试理解自己而作的所有的绝望努力，最终都会使我越来越深地陷入自我疯狂中。事实上，假如好好追寻我作品的演化过程，人们最终就会发现，那些最初的作品还说得通，而渐渐地，这种幻想的经验将会成为我生命存在的目的本身。

20. 我喜爱的诗人

那些组合在一起共同构成我的作品和人格的文学材料，文本并非只是叙事散文。我想，有相当数量的诗人同样也哺育了我自己的文本。我能想到的有马拉美、米肖、阿波利奈尔、安德烈·布勒东，还有其他许多人。此外，我还经常在我的小说、叙事散文中，不加引号地复制一些诗歌片段，让它们融入我自己的语句。就像马拉美说过的那样，未来的评注者将会欣然发现，继承下来的词句显而易见地属于一个以往的诗人，当然那是萨特所理解的诗人。

我对散文和诗歌的定义并没有刻意的区别，我认为不管怎样，即便在诗歌中，也仍旧存在叙事。当一部作品中叙述的单元扩张到一个特定的水平，并且以还算连贯的方式讲述出来的时候，就在封面上印上“小说”的标记。而假如，与之相反，作品异乎寻常地短，就像在马拉美笔下的那样，则显然很难将它划入叙事故事的范畴。当我在步行、沐浴或浮想联翩的时候，我乐意朗诵的首选永远是诗歌，传统意义上的诗歌。这种趣味显然一开始不被我的读者所觉察，他们认为我写作的段落是反诗歌的，没有一点儿诗歌的影子。我表达过我对于韵律学的关注，而这一关注将走向一种诗意的写作，一种与那些提到我作品的人所设想的情况正好相反的写作。

我将读两首马拉美的诗，其中一首被认为是对另一首的回答：《致敬》，马拉美把它放在自己汇集好、准备出版的全部诗集之首，用序诗作为致敬。而“雾笛有气无力只有沉默……”则没有题目，仿佛是对一种失败的承认，正好与序诗《致敬》表达出的某种希望遥相对立。如果我们可以这样说的话……

《致敬》当时曾在青年诗人的一个宴会上被朗诵，假如我没有记错的话。

（朗诵《致敬》和“雾笛有气无力只有沉默……”）

*

我是怎么知道这些诗人的？我也不怎么清楚，多少是出于偶然。在我小时候，我常读的一本书是阿兰-富尼耶和雅克·里维埃的通信集。这本书现如今大家已经不怎么读了，不过我认为我从中汲取了相当数量的有关这样或那样有吸引力的文学文本。我想我就是在那些信件中知道了德彪西（那正是《佩利亚斯与梅丽桑德》最初上演的年代）。这部通信集中充满了那一代年轻人对艺术和文学的热情，意味深长、感人至深，即使从二手材料中也能获得滋养，而无论是从音乐还是从文学的角度来说，都是我出色的引导者。他们喜爱那种稍稍有些过时的诗人，像阿尔贝·萨曼，我现在还能背诵，说不定他们还谈到了儒勒·拉福格，我也经常读他的作品。

人们经常拿我的初期作品与弗朗西斯·蓬热做比较，我清楚地记得弗朗索瓦·莫里亚克就《窥视者》发表的一篇文章，题目叫《木条箱的技术》[1]。弗朗西斯·蓬热是一个难以相处的人，我很早就通过让·波朗认识了他，由于波朗真是他的推举人，当然同样也是我的推举人。当我还是个新手时，波朗真是

① 蓬热作品集《采取事物的立场》中的一首散文诗题为“木条箱”。——编者注

没少关照过我，尽管他还是没能让我的作品成功地在伽利玛出版社出版。是他出版了蓬热的作品集《采取事物的立场》，收在一套叫作“变形”的精致的小小文丛中，用豪华的纸印刷。那并不是一些奢侈的书，不过文丛拥有漂亮的纸张和很小的发行量。《采取事物的立场》从某种意义上来说恰好与我想做的事相反，蓬热带着人本主义的偏见害怕事物。他是一位人本主义者，此外还加入了共产党，这是相辅相成的。当然，他就像所有作家那样，对于自己的才华有一种膨胀的意识，这倒并不令我讨厌，假如他能多一分幽默的话，说不定还会让我更愿意接近他呢。可是他整天疑神疑鬼，怀疑所有人剽窃他的作品，包括我，还有其他人，就好像我是靠吃他的作品来养活我自己似的。

我读过蓬热，首先来说，他的作品读起来很容易，因为他写得实在是太少了，和巴尔扎克完全不同，后者则是很难轻易从头读到尾的。当蓬热讲到燕子的飞翔，说是在空中舞蹈画出的巨大签名，花体字，我的这些关注大家并不知道。他的文字总是运用暗喻的手法，当然了，是人本位的暗喻。此外，我很早就发现，他有一个十分荒诞可笑的问题，让我实在不理解。提到蓬热与科学的关系，萨特曾经写道，在这一点上他令人赞叹，因为他成功地写出了诗意，他举了一个暗喻为例，提到了叶绿素的功能。蓬热乐于谈论树木、牧场、草地，以及树的绿色。于是，叶子和绿色在他的暗喻中扮演了十分重要的角色，他形容这叶绿素的功用就如同“呼出大量二氧化碳气体”。这也许很美，我要赞颂他这样的表达，不过就科学观点来看却是站不住脚的，因为事实刚好相反：叶绿素的作用是吸收二氧化碳，所以并不是释放该气体。萨特的这番赞美完全不合适，而我则把这些写入了一篇文章中。萨特倒没什么反应，蓬热却不高兴了，就好像我揭露了他所犯的一个科学知识上的错误，而我写这个实际上只是为了提及面对科学时的一种随意态度，甚至连我自己也曾多次犯过这样的错误。跟蓬热之间的关系差不多永远是这样，也就是说他喜欢把自己摆在一个伟大的高度，这就使他很自觉地蔑视他的同行们。他不会想着要团结一些诗人聚拢在他周围，就像我对午夜出版社的那些新小说作家所做的那样。他始终坚持着他孤独的高度。他的作品也许很重要，而且不管怎么说它们一直都在被人读，最近还编入了七星文库出版。这当然是一位重要的作家！但我可不敢说他令我着迷，我也不认为我会背诵蓬热：当我念诵他的词句时，我总是弄错。

我非常喜爱米肖的作品，所以每当他再版就删掉一些诗作的时候，我总是感到有些难过。我是以热罗姆·兰东的文学顾问的身份进入午夜出版社的，我对图书销售有某种特殊的考虑，我并不是要出版那些好卖的作品，而是要成功地卖出有名望的然而却不大好卖的作家的作品，比如娜塔莉·萨洛特、克洛德·西蒙，或者罗贝尔·潘热。可亨利·米肖，则完全相反，他认为书卖得好对作者是一种奇耻大辱。他厌恶公众。有一次他对我说，不管是什么书，但凡卖出 200 册以上的话，就是一本糟糕的书。这显然偏激过头了，因为米肖自己的书就远远不止卖出 200 册！一旦他的诗作获得某种特定的成功，他便开始憎恨它们，并把它们删除。这就会导致出现这样的现象，同一本集子再版的时候，却有一首诗不翼而飞了。我曾经读过他的一首诗，并很快就背了下来，可我却忘记了标题，之后再也读不到了，因为它已经消失了。

我当然认识布勒东，自从《窥视者》出版以来，他分外殷勤。他是原则上不喜欢小说的那类人。有两名我喜爱的诗人都表示了他们对小说的蔑视之情：布勒东和瓦莱里。我并不认识保尔·瓦莱里本人，不过他却在我诗学形成的过程中扮演了至关重要的角色。首先，他可以被认为是新小说公认的父亲之一，我猜他也会接受这一点。他甚至还是《原样》杂志公认的父亲，尽管索莱尔斯后来声称，《原样》杂志与瓦莱里的“原样”系列之间没有一点儿关系，而实际上，正是为了纪念瓦莱里，杂志才取了同样的名字。布勒东在《窥视者》出版之后对我说，这完全不是他想创作的文学，不过是同一个世界，他喜欢其中的某些东西，因为他觉得那些东西与他自己的作品有一种相似性。而我，我当然能背诵布勒东的一些文本，它们通常被认为是散文。有一个文本我非常喜欢，我把它背得滚瓜烂熟，一页的篇幅，叫作《动词 être[①]》。

*

（阿兰·罗伯-格里耶背诵安德烈·布勒东
的《动词 être》的片段）

*

这是一个很美的文本，主题是绝望。

《娜嘉》或许会被认为是一篇叙述文，尽管布勒东并不赞同。和他相处实在是困难。我还记得，那一次，当《去年在马里昂巴德》刚刚拍完，雷乃和我打算题献给安德烈·布勒东。我们都承认，总的来说我们对超现实主义有所亏欠，而对安德烈·布勒东则应特别予以感谢。我们一开始的时候还设想，委托保罗·德尔沃来负责影片的布景，他本人也是超现实主义画家。我们于是把电影放给布勒东看，本以为会让他高兴，结果没想到他厌恶极了。他对于踏足他领域的人表现出尤其不信任。当时，身为超现实主义者也不是一件容易的事。我虽然从未参加过他们的运动，甚至也不参与这个团体的任何一个子运动，可我还是通过经常接触他的一些朋友，比如阿兰·茹弗鲁瓦，通过他们意识到，和布勒东保持关系是多么的困难。没有人对

① “être”是法语动词“是”的原形。——译者注

布勒东说他必须做什么，他总是洞见事物。有一天，当他从普拉迪耶拜访画家伯纳德·杜福尔后回来时，他对茹弗鲁瓦说："这个男人带有毒眼，他的画也带有毒眼。"布勒东死后不久，他的朋友们差点儿就要说，是杜福尔杀死的他，仅仅是因为"毒眼"这一说。布勒东被称作超现实主义的教皇。而我被称作新小说的教皇，不过我可从来没发布过什么谕旨或是法令，不论是对我本人还是对我的朋友们。而他，则恰恰相反，一刻不停地出言谴责，或是给出行为标准。普雷维尔在 1930 年发表在题为《一具尸体》的集体宣传册中的一篇文章中，将他叫作"海市蜃楼宫殿中的剪票打孔员"①。布勒东显然对《去年在马里昂巴德》厌恶至极，所以我们最终没有为他题献。

我想，布勒东是一位非常重要的作家，并且首先是一位出色的作家。像《动词 être》那样的文本是相当伟大的，其意涵保持开放又有问题意识。当然伟大的文本并非只此一家，博须埃的文本也很伟大，可它们既不开放也没有什么问题意识，属于神圣的范畴，但那是一种明确无误表达出的神圣。而布勒东，他的文本，则是某种类型的神谕。人们只能模模糊糊地领会神谕的只言片语，接下来必须转译他的话。比起那些掌握了一种真理的作家，他跟我倒是更为相近一些。布勒东，当他理论化的时候，偶尔也会显露出一副手握真理的样子，不过他的整个作品却又与这一论说背道而驰。上帝保佑！

在同一个团体中，我还认识米歇尔·莱里斯。我并不是他作品的狂热崇拜者，不过他有一本叫作《幽灵非洲》的书仍然在我的成长中起了重要作用。我较少钻研他的《游戏规则》三部曲，即《删节》《杂乱》和《纤维》，莱里斯在其中过分痴迷地探讨了精神分析法，甚至对他自己进行了分析研究，而这对

① "遗憾呀，海市蜃楼宫殿的检票员，为门票打孔的人，胖大的宗教裁判所审判官，德鲁莱德的梦境不再有，让我们闭口不再说吧。"

我来说，早已超越了文学的范畴。再者说，他本人对文学范畴兴许也不是很信任。

诗歌中让我深深触动的，通常是一些内容极其明确，但在思辨上不太清晰的——甚至是谜一般并且封闭的——混合体。这种混合体，人们可以在布勒东的《动词 être》中，还有马拉美的“雾笛有气无力只有沉默……”中找到，另外，我认为也能在保尔·瓦莱里的《海滨墓园》中找到，《海滨墓园》的结尾部分尤其具有画面感，不过这首诗是纯粹抽象的思辨。

*

（阿兰·罗伯-格里耶朗诵保尔·瓦莱里
《海滨墓园》的一个片段）

21. 评论的幸福与不幸

说回我作为小说家的社会活动，除了我已经在广播节目中谈论得相当多的我与其他作家，与其他诗人、小说家或随笔作家的关系以外，还有我与批评家们之间维持的关系。我发现有些作家从来不读对他们作品的评论。比如贝克特就从来都不读，他对此不感兴趣。

就我个人来讲，我对评论很感兴趣。从我的第一本小说出版以来，我就开始与批评界打交道了。那时候，报纸和杂志发表的文章全部是批评性的反面意见。根据批评家们对我的指责，我发现了他们为之津津乐道的文学的幽灵，显然不是我所认同的。从某种意义上说，我恰好可以非常容易地界定自己，只要与批评家们的意见相悖就可以了，真是感谢那些批评家了。新小说派很快被视为负面的作家群体，面对评论团体针对他们写出的共同指责，他们最终将界定自身，成为跟批评家们所捍卫的理想作斗争的人。

同一时期，还有一些随笔作家势力较弱，他们在报纸杂志中毫无分量可言，比如巴特、巴塔耶、布朗肖，正好与其他人相反，他们十分支持我，而我也总是满怀热情地阅读他们的文章。不过，一开始还是那些审判我的否定性的评论令我最感兴趣，这反而使我对自己的道路看得更清。事实上，当人们出于偶然赞扬我什么时，那恰恰会是我认为失败的东西。很快出现一个问题，文学与一个可能有的意义之间的关系。那些评论，不管是好的还是坏的，通通想赋予我的小说一个立意，而我本人却从来没感觉曾提供过意义。我创作这些作品，也许是对意义的一种召唤，可惜却不断地失望，我十分乐意看到，一篇同样的文本可以在不同批评家之间激起非常不同的意义阐发。

我提到过巴特和布朗肖。就在《窥视者》出版之后，几乎是在同一天，出现了两篇长长的文章，完全是赞美这部小说的，一篇由巴特发表在《批评》杂志上，另一篇由布朗肖发表在《新法兰西杂志》上。阅读这些文章很有诱惑力，因为简直可以说，他们谈论的根本就不是同一本书。巴特和布朗肖抓住的是完全不同的元素。

巴特此时还处于《写作的零度》的恐怖阶段。自从他那篇针对《橡皮》的文章《客观文学》——文章曾导致误解的产生，这我已经提到过了——之后，他把批评《窥视者》的文章叫作《字面上的文学》。很漂亮，人们并不太清楚它到底想说什么，不过，总之，字面意义在于文本只说了字面上的意思。巴特谈论了一种空白文学，那是他当时的幻想，但恐怕不会有任何一个幽灵住里面，显然情况正好相反。他能够为小说《橡皮》写上二十页文章，却丝毫没有影射俄狄浦斯神话，也没有看到萦绕在整本书中的斯芬克斯或罪犯的幽灵。同样，《窥视者》通篇都是围绕着一桩没有说出来的性犯罪而构建的，却因它的缺席而尤其有存在感，但巴特讲到这本书时则好像从不曾有过什么犯罪，更没有它的缺失，也许他略微提到过，只不过如同一堆炉渣，某种被召唤出来又被要求消失的东西。我几乎可以借用他的一句口号："罗伯-格里耶洗得更白!"然而，这可不是白，顶多不过是灰白，某种扰乱他人的白色，绝不是纯粹的白色。

布朗肖的文章则完全相反，只谈缺席的那桩罪行。我记得他的第一句话是："从哪里来的这道光照亮了《窥视者》?"他的整篇文章，也有二十页，全部指涉这场没写到的性犯罪。显然，巴特和布朗肖读到的不可能是同一本书，然而这两篇文章都那么令人兴奋。这让我心满意足地发现,《窥视者》当真是一本好书。假如它能催生出两种如此不同的阅读,那么必定含有一些东西。随后,我发现,它还有相当多的其他读法,其中有一种政治性阅读,与雅克·莱纳特或吕西安·戈德曼相关。这种多元语义,就像巴特所说,事实上是根本性的。

后来巴特承认存在多个罗伯-格里耶,他甚至在为布鲁斯·莫里塞特的书写的序言中给他们分别编了号,这本书就是《罗伯-格里耶的小说》,午夜出版社1962年出版。布鲁斯·莫里塞特是来自密苏里州圣路易斯的一名美国教授,他是一个令人惊讶的达达主义者:他是专门研究兰波伪作的大专家,所谓的兰波伪作,指的是所有被说成由兰波写作而实际上兰波却从未写过的文本。这是一种危险的专长,从《精神狩猎》一书的丑闻爆出我们就能明白。

我简述一下这起事件。文学圈里有人掌握了一个线索,说是有一卷兰波遗失的手稿,叫作《精神狩猎》。人们只知道它的题目,而且几乎可以确信它应该存在于世。结果有一天,尼古拉·巴塔耶,很擅长开玩笑的一个人,找上了法国墨丘利出版社说:"我发现了那卷手稿。"与其说这是一卷手稿,毋宁说是一份打字稿,因为模仿兰波的手迹或许太难了。他找到墨丘利出版社的兰波研究专家,此人有两个名字,一个是作为墨丘利出版社社长的莫里斯·萨耶,另一个是作为作家的朱斯坦·萨热。他在一次矛盾争执之后变成了安德烈·布勒东的死敌。尼古拉·巴塔耶介绍了这本书,他的那一套把戏组织得很好,他关于发现手稿的叙述实在是太令人信服了。墨丘利出版社于是答应大张旗鼓地出版《精神狩猎》。出版社首先让权威人士读了校样,他们随即就在报刊上撰写了文章。尤其是里面有一篇弗朗索瓦·莫里亚克撰写的高论,发表在《费加罗报》上。文中说,美妙无比的《精神狩猎》的手稿失而复得,如此这般。当赞美兰波伪作的颂歌大量涌现时,该书本身还只在印刷阶段,已然名声赫赫。就在这关键时刻，尼古拉·巴塔耶突然害怕了，眼见得丑闻即将在该书问世时爆发，因为肯定会有人揭穿他的骗局，必将成为巴黎文学界的一场地震。于是他赶快回到墨丘利出版社并对莫里斯·萨耶说，其实他本人才是《精神狩猎》的作者。萨耶看着他，心想这也许是真的，接着就把他请出了门，对他说，不管怎么说，已经太晚了。他甚至指给他看停在院子里的卡车，工人们正在把载满样书的一个个底托装上车去。

不管怎么说，这本书最终还是出版了，这时，安德烈·布勒东，之前一直默不作声的他突然跳将出来，用他诅咒者般的猛烈腔调说："莫里斯·萨耶，您就是个造假的人！"为了讥讽这本伪作，他甚至引用那本书中的段落，并惊呼道："怎么会有人把这当作兰波的作品呢?"丑闻越闹越大，而远在圣路易斯的布鲁斯·莫里塞特，还在进行着自己的研究，或添加或舍弃一些证据，以论证这究竟是不是兰波的一卷手稿。他还指出，所有人都是在随便乱讲。布勒东本人（他的位置很好，他清楚地知道这是伪造，因为尼古拉·巴塔耶正是在他那里写下这篇所谓的《精神狩猎》）摆出一副趾高气扬的样子，同时却——布鲁斯·莫里塞特强调说——揭示出，所有那些真正出自兰波笔下的词汇是何等的怪诞。的确，当人们造假时，总要掺入一些货真价实的东西进去。布鲁斯·莫里塞特从中抽取材料做了一项大学级的专题研究，同样命名为《精神狩猎》，他离开圣路易斯来到巴黎，等待这本专著的问世。他这位兰波伪作的真专家，对此问题有话要谈，然而他却发现他跟所有人都不甚和睦，尤其是竟然无人愿意出面接纳他作为兰波专家。因为所有人，在这场争论中，都或早或晚地被冲昏了头脑。

于是莫里塞特对自己说，他非得改变专长不可，刚好是在那时候，他出于偶然听到了我在广播中谈论《窥视者》。那时恰逢我因成功获得批评家奖正在接受采访。莫里塞特想，他或许可以专门研究我的写作，尤其是因为那时我才写了三本书，《橡皮》《窥视者》和《嫉妒》。这是一位十分能干的大学学者，然而却不喜欢鸿篇巨制，反而偏好对一些稍微小一点儿的作品做一种更加深入的研究。看到我是一个产量不高的作家后，他便开始研究我的文本，也包括稍晚一点儿出版的《在迷宫里》。他进行了一种极其有趣的大学学院式的研究工作，终于写成了《罗伯-格里耶的小说》一书，其中的内容远不是布朗肖或巴特的文章可以与之比拟的，因为他不玩批评家的那一套主观性。当布朗肖谈论《窥视者》时，他实际上是在谈布朗肖，而当巴特谈论时，他也是在谈巴特。这固然令人着迷，但却是巴特读出的罗伯-格里耶，或是布朗肖读出的罗伯-格里耶。与之相反，莫里塞特的工作有一种学院派的精确考量，即写作者应尽可能少地干涉他所观察的对象。他给出意见，表示我的书是完全可以读得懂的，甚至可以像读寻常书那样阅读我的作品，这一点正好与权威评论的论调相反。他再度引入了心理学的概念，谈到《嫉妒》中被隐去的叙述者时就像在谈论一个真正的人物，某种程度上的巴尔扎克式人物，只是被简单地隐藏了性格而已。他的书说明，一名巴尔扎克作品的爱好者也可以很好地阅读我的作品，只需丢弃某些不好的习惯就可以。他看到，我的那些书，说起来，即便不从叙述对象上说，至少从叙述行为本身上说，归根结底还是小说。这些小说也许并不包含心理学分析，不过至少存在有一种可借由批评家来分析的心理。莫里塞特甚至还提到了人物性欲上的特征，好像他们在书本之外也有生活，就像任何真正的小说人物那样。

热罗姆·兰东和我发现《罗伯-格里耶的小说》这本书相当吸引人，于是我们在午夜出版社出版了它，而且由巴特写了序言。这篇序言对我来说意义重大，因为恰恰是它消解了莫里塞特这本书的真埋效果。事实上，莫里塞特的阅读存在一种巨大的危险，即它似乎成了强加于人的唯一一种读法，就好像完全不会有其他的读法一样。我还记得关于《橡皮》的那一章的题目叫作“开启《橡皮》的钥匙”。人们会在其中发现我向莫里塞特讲述此书的创作渊源。也就是说，与索福克勒斯的《俄狄浦斯王》的亲缘关系。确实，他比较了这两个文本，并且发现，此一个完全是由另一个派生出来的。莫里塞特用一种伟大的才能将这些原原本本地讲述了出来，显出自己是文学方面的卓越行家，可是，当他把文章叫作“开启《橡皮》的钥匙”时，却给人一种这样的印象，即除此以外便别无他法阅读我的那篇小说了。所以，严谨一点儿，最好还是把它叫作“开启《橡皮》的一把钥匙”，更何况“钥匙”这个词给人以局限，因为言下之意似乎在说，存在着一把锁，而只要找到开启它的那把唯一的钥匙，一切就能迎刃而解了似的。与此相反，巴特的那篇序言强调了现代文本的多元意义，以及对同一文本应该有种种不同的甚至对立的阅读。他解释道，恰恰因为由这本书而引起的所有可能的阅读法之间的矛盾，文本才能长久地活下去。

不过我想，莫里塞特的书从一开始就比巴特或布朗肖的文章对我贡献更大，因为后两篇完全无法保证读者数量。我不久就拥有了几乎跟布朗肖一样多的读者，不过这也不是什么大事。他是一位太少被人阅读的作家，作品要么在伽利玛出版社出版，要么在午夜出版社出版，但他却完全没有考虑如何下功夫把这些作品卖出去，当然事实上也根本卖不出去。他的评论书卖得还好一些，而他的小说，比如《黑暗的托马》或《至高者》，乍看之下是那么模糊晦涩，以至于人们根本不读。看来，布朗肖这时候就需要拥有自己的莫里塞特了。不管怎么说，莫里塞特为我扮演了这个角色，他为原本晦暗的小说带来了正常的光亮。那些从阅读莫里塞特开始的读者，接下来会发现一些其他的东西，事情本非如此简单。比如，将《嫉妒》中缺失的叙述者认定为“丈夫”，相当于抹去了他本身看不见的这一事实。在小说里，存在着令人迷惑的现象，即便不在叙述对象中，至少也在它们的空缺中。所以说，莫里塞特的分析只是一个出发点。

说到我与评论之间的关系，很快便有了塞里西的研讨会。我曾经从罗瓦约蒙修道院的所有者亨利·古安那里得到相当好的照顾，他甚至在修道院免费接待我。我在那里写了《嫉妒》的开头部分。不过，罗瓦约蒙的智力活动却开展得有一点缓慢。正在此时，厄尔贡家族（尤其是安妮·厄尔贡，厄尔贡-德雅尔丹的遗孀）想到了要在位于诺曼底的塞里西-拉-萨尔城堡继续举办原本在蓬蒂尼修道院举办的一系列研讨会，这两处产业都属于这个非常富有的家族。

这件事标志着研讨会伟大时代的开始。直至今日，塞里西还在举行研讨会，并发展到世界各地，只是人们再也感受不到六七十年代那种研讨会的热情了。塞里西真的吸引了大批人，无论是年轻人还是年老者。人们不得不为所有这些人安排住处，不仅城堡及其附属建筑被征用，附近的所有旅馆也都派上用场。成百上千的人出席了这些研讨会，整整一系列的主题被安排给了新小说，看来，即使新小说读的人少点儿，至少也是蛮时髦的。这里头，一方面有让·里卡尔杜组织的十日专场研讨会“新小说：昨日与今天”，衍生出最终由克里斯蒂安·布尔古瓦出版社出版的两卷论文集，另一方面还有一些也是持续十天的特别研讨会：一开始是关于克洛德·西蒙的，之后是关于我的，再之后是关于萨洛特的，如此这般。通常情况下，作者本人会出场，他自己要发言，并回应一些关于他的评论。无论是在会场中还是会议休息期间，这一智力活动都十分令人激动，所有参会人员都留下了一段既明快又友好的回忆。这里头完全没有浮夸的宏大场面，也没有学院派的一板一眼，正相反，交流活动更有随机性。

我还记得，我曾怀着一份巨大的喜悦参加过关于罗兰·巴特的研讨会，我在会上还作了一个发言。当时巴特正处于荣耀的顶峰，他已经是法兰西学院的教授，可是尽管已经大名鼎鼎，他还是整天担心别人会怎样讲他。由于我有那么个习惯，他也知道这一点，那就是我容易在公开场合讲一些颇有争议的冒险言辞，听起来好像是在指责，不过从我嘴里说出时并不是那个意思，于是他特别担心我会说出什么来。他特别强调说："我可是很脆弱的，你注意点儿，可别不管什么都说啊。"尽管如此，我还是在很大程度上得以把我想说的东西讲出来了，尤其是关于他对背叛的迷恋。他喜爱背叛者，他喜爱背叛，这是他个性中过于积极的一面，显而易见，因为他喜爱背叛他自己。在我发言之后，我感到他很明显地松了一口气。他因我并没有讲出什么令他难以忍受的话而倍感幸福。罗兰·巴特，他可实在是自寻烦恼啊。

22. 其他阅读

我讲到，从我一开始发表作品《橡皮》《窥视者》和《嫉妒》起，那些批评家在我的生活和职业生涯中就扮演了一个重要角色，我曾经提到乔治·巴塔耶，但是谈得很少。我和他的关系非常温暖。他是一个阿波罗般的人物。

要说布朗肖有多么不爱交往，他的嘴唇有多么薄的话（我还从没见到布朗肖微笑过），那么巴塔耶就有多么威严、热情和开朗。同时，他在那个时代便已显出某种身体上的过度消耗。他是奥尔良的图书馆员，不过由于他毕业于巴黎国立文献学院，他是一名级别很高的公务员。广大公众不太知道巴塔耶，但他却极受敬重，至少在圣日尔曼德佩区的文人圈子中。巴塔耶时不时来巴黎，大家通常在利普酒馆相见，或者在由让·瓦尔领导的哲学学院里，他做一些讲座。那些讲座都特别古怪，因为他从来都不准备，全是即兴而谈，那种方式简直就像神游，让人感觉他什么也没说，而仅仅只是游荡在他模糊不清的想法中。他所选的话题中只有死亡让他费解，他自己也承认这一点。我记得有一次他是这样给他的讲座开场的："我要再次跟你们谈一谈死亡。这是一个艰难的主题，因为我们任何人都不曾拥有一次对它的直接体验。"他说到这儿就停住了，那可是一次漫长的沉默，接着他说："另外，每次我谈到死亡，我都感觉自己不是推进了这个话题，而是让它更加后退了。"当时是在地理学院，现在叫作让-保罗·萨特的广场的讲堂中，正好在圣日耳曼德佩教堂的对面。而院长让·瓦尔，体貌上与巴塔耶完全相反。这是一位身材矮小的老好人，嗓音极尖，神经质，还总有点儿颤巍巍的。在那次有名的讲座上，他想要插句话推动一下，于是说："后退也许是为了更好地起跳！"

当时，大家看到乔治·巴塔耶脸上显出些许惊慌，他不知再说些什么才好，只是说："我有点累。"接着马上就说："我要给你们讲讲《老人与海》的故事。"他在从奥尔良到巴黎的火车上得到了海明威这篇不算太长的小说的样书，并在旅途中至少读了一大半，于是向我们讲起这个故事来。接着，他发觉甚至连他自己对此都不是很感兴趣，结果讲到一半就停在了那儿。在这种时候，礼堂里几乎总有那么一个家伙也想谈谈他自己的观点，要么是一个新康德主义者、新唯物论者，或者是一个伪黑格尔派。毕竟在哲学学院这种地方，这样的假名人总是很多，于是巴塔耶很乐意将话语权让给了那位仁兄。大家会发现这样的场面非常怪异，但又非常令人兴奋，因为它揭示了文学与沉默之间的某些关系。事实上所有的言语都会引来这种突然上演的沉默。布朗肖曾经这样说过："所有作家都在走向他自己的沉默。"而巴塔耶，他真正地付诸实践了。

他热情，爱冒险，多变，时常迷失在他思想的沙漠中，他的这一面使我和他十分接近。而相反，又有其他东西让我与他稍稍分离，使得我和他无论如何都不在同一个世界，那就是上帝。我第一次听人提到乔治·巴塔耶，以及很多我知道的作家，是在让-保罗·萨特一篇叫作《一个新神秘主义者》的短小文本中，文章后来收录在他的文集《境遇一》中，恰如他所有那些写于二战之前或二战期间的简短的解释性文字那样。巴塔耶当然予以抗议，他的朋友们也众口一词："神秘吗？让-保罗·萨特这家伙，也不瞧瞧他自己！"与此同时，还有一些类似的事情。无论巴塔耶谈论什么，谈论情色、政治经济学，或是文学，他的思想中总是好像隐藏着上帝，这使他怎么看都像是神秘主义者，而从我这方面来讲，我则尽可能地远离这一切。他在一个基督教——很可能是天主教——氛围十分浓厚的环境中长大，而我不同。我小时候并没听说过上帝，我家说是天主教家庭，其实是去基督化的。我也受过洗礼，在 1922 年的布列塔尼所有的孩子都会受洗。那之后，我就再也没有去过教堂，因为我的父母并不去做弥撒，而我母亲那边的家庭习惯世俗化。布列塔尼的本堂神甫被认为是人民和思想的蒙昧主义敌人，他们妄图用一种宗教恐怖的方法实行统治，以维护该特权阶级的最大利益。这是当时的理论，从某方面来说相当可信。从我父亲家这边来讲，我的祖父和曾祖父都是汝拉山区的小学教师，这一阶层本质上也是世俗化和反宗教的。家里头原本并没有反宗教的宣传，然而我突然就听人说起了有关军刀和圣水刷的罪恶同盟，这是指军队和教会的同盟。矛盾的事，虽说我父母是极右派，可他们同时憎恶军队和教会，这就使右派站位变得相当可疑。我因而将他们称为极右的无政府主义者，作为右派，应该是尊重现有秩序的，然而他们却竭力反对任何压迫他们这些独立个体的权威势力。他们很早便言传身教给我这种个人主义，从本质上来讲已经是反宗教了。很久以后，我才读到《旧约》和《新约》，以及其他的宗教书籍，不过我就只把它们当作一般的书来读而已，并不关乎什么世界的真谛，这是完全不同的两回事。我被这些书迷住了，以至于对宗教及其故事也倍感兴趣，但不包括教会在内。

与此相反的是，巴塔耶的“神秘主义”书写中教会的存在感太强，说到这里，我们便不得不提到他的一本情色书，或者干脆可以称之为淫书，那便是《眼睛的故事》，该书就把最宏大最罪恶的场景安排在萨拉戈萨大教堂[1]中。对巴塔耶来说，让一

---

① 事实上，此处所提到的是西班牙塞维利亚市的一个教堂，唐璜的故事据说发生在这里。

起性犯罪发生在一座大教堂里是十分重要的，正是因为躲在他所有作品中这无处不在的上帝光芒，使我与他截然不同。尽管如此，我仍旧读了他的很多作品，而且他对我也大力支持。早在《橡皮》出版之前，他就为我打开了《批评》杂志的大门，该杂志据说是由他直接领导的。但事实上，他的姻亲兄弟让·彼尔才是杂志的主编。即便如此，巴塔耶却仍能提出指导性意见，于是我便得以给《批评》写一些小短文。所以我在发表小说以前其实就已经是个文学批评家了。当《橡皮》，尤其是在之后的《窥视者》出版时，乔治·巴塔耶当真在所有他能说得上话的场合为我据理力争，特别是批评家奖。巴塔耶、布朗肖，以及波朗，他们真的是父亲一般的保护者，或者至少也算是对我影响最大的作家。

当我们还是年轻作者时，绝不该轻信只有伟大的作家才可能引领和影响我们。我之前已经提到过吉卜林笔下的印度故事，但我还要多说几句，因为提到影响，就会牵扯出其他一些更为大众化的文学书籍，比如格雷厄姆·格林的小说。我的很多书都或多或少地像是患上格雷厄姆·格林后遗症，沦为废墟。我尤其想到他那本非凡的小说《布莱顿硬糖》，它给我留下了深刻印象。我大约是在二十岁时读到这本书的，或者年纪更大一些时，鉴于我开始阅读的时间本身就相当晚。《布莱顿硬糖》有一点儿被打造成一出悲剧的意味，事实上《橡皮》在某种程度上也算是一出悲剧，这就使它无论如何得以与格雷厄姆·格林的那些大师级小说扯上一层关系。我和他有过接触，但实在很有限。我记得曾与他共同出席过一个二十来人的晚宴，为庆贺弗朗索瓦·莫里亚克的六十岁生日，当时乔治·蓬皮杜还发表了一番演说。他算不算一名很重要的作家呢？如果让我说，我想至少这位作家是流芳百世的。

我现在还记得《布莱顿硬糖》这部作品的故事。它讲述一家广告公司的一个小职员在布莱顿这个地方组织了一次推销活动，他必须沿着事先规划好的路线在城市的各个地点留下信息。对当地居民来说，该游戏的意义在于以散布四处的信息为基础重新构建出某种东西。这个基础构想本身就已经非常有趣。而更有趣的还在于，该人物还拥有双重生活，他很快便发现，有一个组织正要伺机谋杀他，而他必须尽快逃离布莱顿。然而他不但不能离开，还必须遵从他的规定线路，就像一部古代悲剧通常所演绎的那样，这一线路被公布在所有的报纸上，他清清楚楚地知道他的暗杀者们在哪个点上能轻易干掉他。一个被叫作小男孩的次要人物，并不是真的次要，一个邪恶少年，意欲以某种纯粹索福克勒斯的方式插手到故事当中来。我当然也读过格雷厄姆·格林的《命运的内核》。在我的《嫉妒》中，A 和弗兰克谈到一本他们读过的书，而小说中未现身的叙述者只是通过他们的话语才知道这本书的，这书显然就是《命运的内核》，只不过或多或少做了变形。这些比福克纳的《圣殿》或卡夫卡的《城堡》要朴素得多的书，对我的作品始终具有部分的但却极其重要的影响，特别是所有那些拥有侦探小说结构的作品。其实我对通常意义上的侦探小说并不感兴趣，因为在真正的侦探小说或是惊悚小说当中，最后一切总会水落石出，然而我感兴趣的侦探小说结构，一切恰恰会随着整本书的展开而越来越纷乱。

同时期的另一些作家，虽称不上大师级别，却在我心目中占据了一席之地，我想，尤其是海明威。他有一本书叫作《永别了，武器》，讲述第一次世界大战期间发生在特伦托山区的故事，那是在奥地利军队与意大利军队对抗作战的前线，紧靠博尔扎诺。我对这本书印象极其深刻，而我并不是唯一有这种感受的人。很多人认为海明威的文笔影响了阿尔贝·加缪，而《局外人》则可以与所谓的行为主义（le béhaviorisme）联系起来。Behaviour 在英语中是“行为”的意思，而法语中的 le béhaviorisme，则是人们称之为行为心理学的东西。跟这一思潮关联的书是一些小说，里头从不缺乏心理学，但它却从未被直接说出来，体现出来的只有人物的行为。至少在我看来，这已经是迈向新小说的决定性一步了。

在我稍晚些时候读过的书中，《太阳照常升起》是我心目中的伟大作品。它是一部典型的围绕一个缺失展开的小说，而人们并不知道所缺的是什么。人们能意识到其中缺少了什么东西，却不知是何物。故事发生在第一次世界大战之后的西班牙一群酷爱斗牛活动的美国移民狂热者当中。20 世纪 20 年代，美国人非常喜爱欧洲，这在司各特·菲茨杰拉德、海明威和其他一些人身上均有所体现。他们乐于住在蓝色海岸、西班牙、意大利，而海明威这一时期在西班牙住了很久。他宣称他本人也在与佛朗哥进行着斗争，但事实显然不是这么一回事。无论是马尔罗还是海明威所说的西班牙战争都是很有问题的……在这个斗牛的故事中，演化出两个主要人物，一个美国男人和一个女人，我猜她也是外国人。他们的关系很是古怪，从未被明确交代过，他们的行为也很古怪，这就使他们究竟来自哪里成了所有古怪问题中的重中之重。我们不是一下子领悟，而是一点一点地怀疑，在这些大男子主义的斗牛者中，那家伙是个性无能者。他是在战争中受的伤，正是在特伦托的前线，不幸失去了他男性的功能。他长得很好看，他一切正常，但他就是不能和他所爱的女人发生性关系。当然了，这些绝没有说出来过，但这一根本的缺失，这个雄性生殖器的缺失，却将整本书笼罩在一种高度现代的氛围中。当真是由未言之事组成了这个故事。这部小说后来被拍成一部电影，真是可惜啊，简直太糟了！不过，这几乎是改编一部名著会遇到的通常情况。我会把拉乌·鲁兹拍的《追忆似水年华》当作例外，但如同拉乌向一位记者所指出的那样，他对普鲁斯特的作品并不是改编（adapté），根本就是领养（adopté），而这两者之间是完全不同的。而我，我谈的是改编。比如维斯康蒂拍的《局外人》真是个烂片，虽然维斯康蒂是个伟大的电影人。

我讲一下美国拍的根据小说改编的同名电影《太阳照常升起》的开头。首先看到的是一所军队医院的台阶，一名有点跛足的军官正拄着拐杖在上面行走。这是一个十分帅气的男人，令人印象深刻，接着两个女护士加入进来向他问好。人们得知原来他是在一段漫长的恢复期之后终于出院了。他向在远处等待他的汽车走去，两名女护士留在医院门口台阶的平台上，一位对另一位说："多么俊朗的家伙！可我一想到他两腿之间什么也没有了……"简直可笑至极，就这样把一切赤裸裸地公之于众。这原本可是这部小说的核心，就是说，是一种缺失的缺失，可它一下子就变成了某种公开的指示牌，这根本不再是什么海明威的书了。

我对书改编成电影这一问题很感兴趣，因为我自己就多次谈到，我的一些电影就曾因为阅读某本书受到影响。我可以举例说明，我的《欲念浮动》就是受到阅读米什莱《女巫》的影响，尤其是受到罗兰·巴特写的关于米什莱那本书的影响。不过假如我什么都不说的话，就没人会知道这一点，因为这与人们所说的将一本书搬上银幕并不是一回事。

23. 电影试验

当我的书开始出名的时候，尽管还谈不上有很多人读，但毕竟已经有了名气，那时便有一些电影制片人想把它们拍成电影。他们问我是否愿意改编，可我从来没有这样做。我写小说，拍电影，可我从未把我的任何一部小说拍成电影。有些人这样做也不会令我困扰，我自己却不能这样做，因为对我来说，小说是一些词句，而我也绝不会把我的任何一部电影改写成小说，就像玛格丽特・杜拉斯做过的那样。她能分别用图像和词句来构思同一个故事。我这么说可不是在指责她什么，我只能说，对我来说这完全不可能。当我的头脑中闪现一个故事的时候，我立刻就知道它将拥有一本小说还是一部电影的形式。假如在我脑海中出现的是一些语言结构、句子结构或一整套词汇或句法的节奏，我就知道这会是一本小说。假如相反，我脑袋里出现的是图像和声音，我便知道这会是一部电影。后来，我也以电影小说的名头，发表了我为自己的一些电影写作准备的作品，尤其是为《不朽的女人》。

我的电影试验究竟是怎样开始的呢？有一个时期，人们把我认作是客观的作家，新小说是视觉的流派，在批评界的观点中我的小说感觉上等同于电影，我的书并不是真正的小说，而是某种半途夭折的电影。然而，在《嫉妒》和《在迷宫里》出版后没多久，大约1959年或1960年时，制片人萨米・哈尔丰找到我，问我是否想以导演的身份执导一部电影。我对他说，我确实脑子里酝酿了一些电影，这是真的，可鉴于我在文学范围内读者数量的稀少，我认为很可能收不回拍摄成本，尤其因为拍电影的费用可比写书要高得多。印一本书几乎不花费什么，可拍摄一部电影却需要不少钱，而且后续花销还会逐渐增加，就是因为这个，我后来没有继续拍电影。当时我对哈尔丰说，我无法保证成功，而他回答我，这一点儿都不要紧，公众的态度不能作数，唯一重要的事情就是要在伊斯坦布尔拍摄。

在电影界，通常是一些外在的约束决定了一部电影的命运。比如雷乃与玛格丽特·杜拉斯那时候刚刚合拍完成的《广岛之恋》，萨米·哈尔丰担任制片人之一，一开始也有一个同样的约束问题。为了这部电影的拍摄，哈尔丰去见阿兰·雷乃，而后者到那时为止只拍过一些短片，并且整个业界也认为他是一位短片电影导演，哈尔丰对他这样说："我要制作一部电影长片，但这必须是一部关于原子弹的影片。"这是因为日本的出资方执意要求电影在广岛拍摄！雷乃一开始相当反对这个主意，不过他最终同意接受拍片，但提出必须由玛格丽特·杜拉斯来写剧本。"她就是为此量身定做的"，他这样说。但是滑稽的是，玛格丽特对原子弹完全不感兴趣，她当时正满脑子都是关于德国占领时期她与一个德国男人的爱情故事，并坚持要让它问世。尽管她接受了提议，但从电影一开始，委托条件中的原子弹基本就不见影踪，而代以一句反复出现的台词："不，不，你在广岛什么也没看到。"此外，在这项工作进行时，片名最初拟定为《噼咔咚，你什么也没看到》。"噼咔咚"并不是一个真正的日语词，而是对原子弹爆炸的一种拟声。电影甫一出品，就在戛纳赢得一片赞许和喝彩，一切都再顺利不过了。这是知识界的一次辉煌胜利，可却不足以填满大众影院的座位。该电影的其余几位制片人，除萨米外，分别是阿纳托利·多曼和雅克·法诺，后者是米歇尔的兄弟。最富娱乐性的是，电影《广岛之恋》一经上映，差评如潮，而其中最激烈的都来自日本人，这当然是因为主题和原子弹完全没什么关系。不过它总算是出场过，借助男主演现身，一位很帅气的日本电影演员。杜拉斯的敌人们说道："这个日本男人一开口，就有好戏看了，因为人们完全听不懂他在说什么。"不过雷乃后来也对我重复过同样的话，因为他为《去年在马里昂巴德》挑了一位口音极重的男演员，正是乔治·阿尔贝塔齐。

萨米心想，既然他已经证明雷乃能拍出一部电影长片，现在他就能用同样的方式，证明罗伯-格里耶也能拍电影。这是制片人的想法，而我则很满足，因为这标志着我的《不朽的女人》探险历程的开始。我询问他为什么非在伊斯坦布尔拍摄不可。他回答我说因为他得到了土耳其方面的资金投入。土耳其里拉在国际货币市场上是不可兑换的，当时的拍摄资金来自一个比利时羊毛商人的一笔大数目，他不知道该怎么把它带回国。就这样，我们去土耳其用这笔土耳其里拉支付的费用拍摄一部电影，然后我们把它带回祖国，这就完全合法了，接着我们用收入偿还羊毛商。哈尔丰问我去伊斯坦布尔会不会让我觉得困扰，那时他还不知道我与这座城市在情感上完全是心连心的。十年前，我在那里与一个小姑娘相识，我马上就爱上了她，她之后成了我的妻子，卡特琳娜。伊斯坦布尔就此成为我个人爱情故事的一个纽带，连接着卡特琳娜与我之间的故事，而在那里拍电影，则完全是某种客观上的巧合，安德烈·布勒东可能会这么说。更好的情况是，正因为资金全是土耳其货币，而不是法郎，制片人才更倾向于让卡特琳娜和我一起来到伊斯坦布尔，让我们住在那里，让我住在这座城市中写作电影，后来还可以选择外景地。整个影片在有条不紊、细致入微的准备中，我还用"电影小说"的名字正式出版了该电影的技术剪辑本，按镜头分写。遗憾的是，就在这时，土耳其爆发了一场血腥的革命。土耳其政府首脑曼德列斯被绞死，外交部长佐鲁也是同样。这是一次真正的人民革命，与1968年在法国的革命不同。显然无法在土耳其待下去了，于是我返回了法国。

一开始，电影的名字不叫《不朽的女人》，而是《狗》。然而，土耳其政府立即对这一题目表示了保留意见，而我在晚些时候才弄明白是为什么。我们知道，还不够现代的国家会用种种方法来变得现代，将野性动物赶离城市就是其中一个措施。阿塔图克在取得土耳其政权后，特地与动物们作了一番斗争。他特地禁止骆驼进入安卡拉，还下令消灭在伊斯坦布尔繁殖的野狗。但在穆斯林的宗教中，如若不是为了食用，是无权宰杀一头野兽的，所以既然不打算吃狗，就只能把它们流放到马尔马拉海的一座岛上，这座岛至今还叫作狗岛。在那里，成千上万的狗互相残杀。但有一个问题是事先任何人都没想到的，那就是城市位于这座岛的下风处，伊斯坦布尔的每条街道总是能闻到死去的狗腐烂的气味，这种情况持续了好多年。给一部以土耳其货币投资拍摄的电影起名叫《狗》确实有点不合时宜，所以我们最终把它改作《不朽的女人》。

不过，既然我已返回法国，就不可能再拍摄这部电影了，这时另一位制片人问我是否愿意与阿兰·雷乃合作，后者突然成了一位受众多大牌制片人青睐的电影人，因为他的《广岛之恋》即使在公众层面没有获得巨大成功，至少也在媒体层面获得了巨大成功，并继续创造着属于他自己的伟大神话。不管怎么说，直到今天，在全世界范围内，《广岛之恋》和《去年在马里昂巴德》都享有非凡的名声。雷乃的任何一部其他电影都没有与之比拟的反响。这是电影界的神话，也成就了两座城市的神话，广岛，第一颗原子弹爆炸之城，还有马里昂巴德，奥匈帝国的温泉之城。我马上就对这位制片人说，当然我很愿意和雷乃合作，并询问是不是雷乃本人提议我们一起工作的。制片人回答："不，不是，压根不是，雷乃甚至都还没读过您的作品，不过我们拥有一份聘任他为导演的合同，并且他肯定又要重新考虑与一位女性合作拍摄电影。继玛格丽特·杜拉斯之后，他正在西蒙娜·德·波伏瓦与弗朗索瓦丝·萨冈之间犹豫不决，而我们则不想听命于她们中的任何一人。”

我看过雷乃拍摄的短片，包括《全世界的记忆》和《雕像也在死亡》。他真的拍了好多片子，所有作品都非常棒，尤其是其中的推移镜头不同寻常。我接受了他的提议，并在当天夜里就写下三个脚本，三个故事，每个故事有两页篇幅。制片人将这些带给了雷乃，第二天雷乃就说，他可以三个都拍。由于他只能从中选择一个故事拍摄，最终他选了《去年在马里昂巴德》。当时，这部电影叫《去年》，我后来改了片名，只是为了乐感的原因，再说也得到了雷乃的大力支持。毕竟，《去年在马里昂巴德》听起来可比《去年》拥有更美的韵律学节奏。

我们的合作中遇到的第一个困难，我也向雷乃马上坦陈了，那就是我无法写出一个剧本，与杜拉斯不同。我这么对他说："当我想象一部电影时，我想到的就只是一部电影，而不是一个故事。"我想到一系列镜头、录音、图像和声响，还有台词，我以一部电影的形式直接看到它们，而并不知道那到底在讲述什么。我总是这样构思的，我刚刚着手开始《不朽的女人》的工作，就已经巩固了我自己的这种方法。至于《去年在马里昂巴德》，我只知道它会以一个长长的推移镜头开始，因为雷乃的此种手法堪称辉煌，他会以一种念连祷文的方式，伴以一段长长的台词。雷乃回答我说，这于他十分合适，我后来还看到他作为一名导演谦逊到何等罕见的地步。他声称，他并非一个作者，他是在为他所选择的作者服务。作者们可以不写作一个剧本，而只提供一个剪辑本，就是说一系列的电影镜头，包括取景、剪辑和衔接。

与雷乃合作以后不久，安东尼奥尼也想与我一起拍摄一部电影，我接受了，因为我极为欣赏他的电影。当谈论项目的大致模式时，一切都很顺利，我们关于电影当真有不少共同观点。我们之间一直保持着紧密联系，直到如今。然而当我对他谈及我们具体要拍摄的电影细节时，当我这么对他讲：“首先，人们在银幕上看到……”安东尼奥尼立即打断我。他对我说：“不，听着！你给我讲一个故事，而我会告诉你人们将在银幕上看到什么。”我这么回答他：“当我构想一部电影时，我想的不是一个故事，我想的就是人们将在银幕上看到什么，而我也只能告诉你这些！假如你想要一个故事的话，那你就从我的小说中挑一个拍成一部电影好啦。”说真的，尽管雷乃不乏才华甚至天才，但与安东尼奥尼比起来，他还真不是一个好作者呀。安东尼奥尼的作品一眼看去便知道是同一个人的东西，虽然他和一些不同的编剧合作，通常还都相当有名，比如托尼诺·格拉。与之相反，假如一个人看过《广岛之恋》之后，立刻又去看雷乃根据伯恩斯坦的剧本拍摄的另一部电影，那他恐怕根本想象不到这是出自同一名导演的作品。很明显，《广岛之恋》属于玛格丽特·杜拉斯，而《几度春风几度霜》则属于伯恩斯坦。雷乃谦虚地倾情效力于某事，并且总能将之做得精妙绝伦。这是一位非凡的电影人，也许我们不能称之为一位作者，然而从某些方面来讲，他确实可算是一位作者了。他从未想过亲自写任何一部电影，就像安东尼奥尼写一些电影那样。

雷乃每天晚上都来我家讨论《去年在马里昂巴德》，并重写分镜头剧本。我为他提供一部想象中的电影的描绘，就好像它已经存在那样，而他对此很高兴。当我们谈到女演员的选角时，我立刻就明白了他并不是在为电影挑人，而是在为德尔菲娜·塞里格挑选一部电影，他刚刚从她丈夫那里把她抢了过来。我必须说，在我的想象中，这个人物应该是更加肉欲的，带有谜一般的外表，不过尤其有肉欲感。我更倾向于像年轻的金·诺瓦克那样的女人，因为塞里格更像一副左派知识分子的样子，而非我头脑中的人物形象。不过这并不妨碍电影的出色。我将它整个写出，而雷乃则原样接受，真可谓是，我只负责写，而他只负责拍。于是我便不需要再去拍摄地，就在这时候土耳其的革命平息了，而萨米·哈尔丰，他不但生在土耳其，而且还是一位土耳其制片人的表兄弟，他返回那里与新的当局签订了新合同。除了前任政府要求的要看到人群欢呼曼德列斯的镜头之外，一切照旧，我马上就答应了。我希望这座城市是空空如也的，但人们在电影中看到的是今天的样子，需要的一些人群的镜头，是我用临时演员拍摄的。本来应该有人群欢呼曼德列斯的镜头，原本会非常壮观，不过鉴于形势，那些镜头大约是不会保留了。我继续进行在土耳其的工作。我做得非常慢，因为反正有很多土耳其资金，没什么可着急的。

此时，雷乃正在没有我参与的情况下在他选择的外景地拍摄《去年在马里昂巴德》。我原本设想的是在帕尔马附近的萨尔索马焦雷的几处温泉，那都是新巴比伦风格的纪念性建筑，满是火山温泉的水蒸气。他觉得我的提议很不错，不过却更倾向于在慕尼黑附近的城堡拍摄，而不是在马里昂巴德，后者的城堡无法与前者比拟。基于这个地点的风格，我还想到了维希的赌场，但雷乃想要更漂亮的东西，我认为他是有道理的。于是锁定了宁芬堡、阿玛利堡、施莱斯海姆和慕尼黑王宫这些城堡，它们都出自同一位法国建筑师之手，并且都在慕尼黑市内或近郊。他在那里独自拍摄，当我从土耳其回来看到电影的前期样片时，我被彻底迷住了。真是太棒了。这部黑白宽银幕影片，以及摄影机的移动，都堪称绝妙。之后，我与演员们聊天时得知了拍摄期间一些绝对令人震惊的内幕。拍摄《广岛之恋》时，雷乃录下了玛格丽特·杜拉斯朗读对话的嗓音，然后让演员们听这些录音。当人们观看《广岛之恋》时，所有玛格丽特的朋友都认为是她给艾曼纽·里瓦的影像配了音，后者那时还不是一位有名的演员。我们所有人都认定那就是玛格丽特的声音，其实原因很简单，因为艾曼纽·里瓦听过玛格丽特念台词，然后把它从自己的嘴里复述出来。雷乃用同一种方式让我朗诵《去年在马里昂巴德》的所有文本并录制下来，而男演员们对导演让他们聆听我的声音抱怨不已，简直是怨声载道，不过，正因如此，我也得以从他们的念白中确实找到了我的音质特点，尽管阿尔贝塔齐带有佛罗伦萨口音，而萨夏·皮托埃夫有某种死尸般僵硬的断句法。不过在塞里格身上，情况却不是这样，因为她完全由导演亲自指导。

一些男演员颇有些愤愤不平，并要求雷乃说明为什么他们扮演的角色要有如此的反应。他很可能是这样回答他们的："你得如此反应，因为就是这样写的。这并不是我写的。"他还会出示我的剧本。拍摄一部电影的同时，却允许自己对它的意义并不明确，我发觉，这种观点简直美极了。我认为《去年在马里昂巴德》极其成功，假如确实如此的话，这或许是由于它有两位不同的作者，而他们对电影的兴趣倾向也完全不同。比如，我从来就不拍推移镜头。我写它纯粹是为了雷乃，因为我喜欢他拍的推移镜头。他的在场早在我落笔时就已经存在了，既然我那么熟知他拍摄的短片。我想，这部电影最大的张力之一，就是它有两位作者。雷乃相信他在拍摄一部有关记忆的影片，而我写的却是一部关于坚定信念的电影，这又是完全不同的另一回事了。事实上他放弃了对作品的解释，但他又以奇妙的方式做到了这一点，对我来说这就是电影史上重要的东西。

为使文本与画面衔接，我们还做了若干努力，因为调整文本永远比调整画面要简单得多。当年，几乎所有人都是作为"同期录音师"在工作，我的所有电影都是以这种方式运作的。我们在摄影棚里重新调整整个的对话剧本。

24. 在电影中忘记小说

《不朽的女人》1963 年出品，比《去年在马里昂巴德》晚了一年半，尽管它开拍时间还要更早些。它一上映，就因为比较遭遇了些许非难，之所以这样说，是因为这两部电影彼此一点儿也不像，根本就无法加以比较。对我来说，它们完全不同，尤其因为《去年在马里昂巴德》只是为雷乃而创作的，所使用的电影语言跟《不朽的女人》中不一样，而我为后者构想了一种更为严肃的句法，叙事单位不是镜头组，而是单个镜头。相当数量的参数构成每一个镜头，并以一种变化的形式，重复出现在或前或后的衔接镜头中。对观众来说，他们可能很少会察觉到这一点。

《不朽的女人》不像《去年在马里昂巴德》那样，能带给我同样的完美感受，尽管它只有一位作者。这是我的第一部电影，我有点儿任由极端敌视任何新的电影技法的技术人员摆布的意味。那时的电影技术人员，是一群相当顽固的人。他们懂得要怎样做才能拍出一部电影，而我，一个可怜无助的作家，却不懂得这些。早上，当我站上摄影台说“我们要这样做，然后这样做”时，所有的技术人员会异口同声地惊呼起来：“快别说了！这不可能做到！”我回答他们：“怎么会这样呢？这不可能做到吗？说到底，这还是完全可能做到的吧！”电影技术并非复杂到难以学会，但这些嫉妒多疑的技术人员，看护他们传承的技术就如同其中隐藏着巨大的专业机密，绝不能让普通的凡人获悉，尤其不能让那些同时身为作者和导演的人得到。好在我还算是运气好的呢，在法国，导演之于电影总算是握有掌控权，原则上能够尝试拍摄他想拍摄的东西。举例说吧，在美国电影界导演可几乎什么都不是啊。我指的是好莱坞的大制作影片，常常是由一些最优秀的电影人来构思创作的。可惜，这些人却并不自认为是作者，而仅仅只是导演，便跟其他人一样都是技术人员。当《电影手册》中创造出这样一个概念，说美国的电影大师们，像休斯顿或是曼凯维奇这样的人都是作者，这些人觉得十分可笑，因为他们完全不认为自己是作者。拍摄《埃及艳后》的过程中，曼凯维奇是在开拍六个月后受聘接手继续拍摄的，鉴于电影开销太大，急需一位享有盛名的电影大师坐镇，于是就中途更换了导演。

与此相反，我在法国拍电影的时代，既编又导的作者导演当真被认为是一部电影的领导者。只不过，《不朽的女人》是我的第一部电影，技术人员们利用这一点，在我本打算放入一些独特东西的地方，代之以习以为常的平庸之物。我每次观看这部影片时，总是持续不断地为之震惊和感觉受伤害，因为某些东西完全不符合我的初衷。我总是落入圈套之中，但这绝对是最后一次了。

电影中，由雅克·多尼奥尔-瓦尔克罗兹所饰演的主要人物，是一名来到伊斯坦布尔的小小教员，他置身于一座令他迷失的城市中。在电影一开始，观众应该看到他待在一间阴暗的小房间里，某种像生殖细胞一样的，黑乎乎的立方体，屋内有朝向博斯普鲁斯海峡的窗户，而大海正被正午的强烈阳光所照耀。光线正是从那里射过来的，并非从打开的窗扇中，而仅仅只透过半开半合的百叶窗的薄片射入，这样的百叶窗在土耳其随处可见。男演员正靠着百叶窗，从这个单间小室中向外看去。然而，摄影师却在这间屋内打了一个聚光灯来照亮演员。我当然注意到了这一点，于是便对他说："不行，我希望他不要被照亮。”而他则这么回答我：“好啊！您听着，我可是拍了有二百五十部电影了，我可以对您说，您讲的那一套行不通！”我反驳道：“不，请您听好，这当然是可行的！我只要他黑乎乎的，这就够了！”他又说了：“您知道，我可不想因此丢了我的从业证书！假如戏里的第一号主角在银幕上都叫人瞧不清的话……”我继续争辩：“如果您当真拍了二百五十部电影，并且您的从业证书还没有被吊销的话，您最好还是换一个职业吧，因为这一行根本不适合您。”最后，在这个颇有争议的镜头中，摄影师一方面用深红色的胶布贴在百叶窗的薄片之间，让人看不到从外面射进来的光，另一方面，就像我指出的那样，人们却看到男演员的影子映在了百叶窗上。

在拍摄的时候，摄影师对我说：“不会的，您被您的眼睛骗了，人们才不会看到演员的影子呢。”我回答他说：“我在生活中拍过照片，假如我能用肉眼看到什么，那么人们就将从电影画面上看到什么，我很清楚两者是相关联的。如果我此刻在墙上看到了影子，人们就将在银幕上看到它的存在！”他仍旧固执己见：“不不，您不会看到的！”像这样的闹剧，每时每刻都在发生，尤其是在场记的身上，这是一位迷人的女孩，电影学院的场记专业教师，她同时也是雷乃拍摄《广岛之恋》的场记，其后又为《去年在马里昂巴德》工作。她对于自己该做什么可是很有观点的。《去年在马里昂巴德》是我为雷乃写的电影，所以我不用亲力亲为地去拍摄，但《不朽的女人》则不同，我又要写，又要拍摄，这样制片人才放心。场记姑娘从原则上保证全力尊重它。我一个镜头接一个镜头地来写电影，包括镜头的衔接，以及有关画面的描述。我出版的电影小说就是这个样子的，无论是之前为雷乃写的《去年在马里昂巴德》，还是后来我自己的《不朽的女人》。

很不幸，出现在剧本中的一部分东西，对电影场记西尔薇特·波德罗这位秩序的捍卫者来说，实在有些不可能实现。举例来说，传统电影中的一条基本规则就是，在同一个场景中，当一个运动中的人物离开人们的视线后，在接下来的镜头中他再次出现时应该还是运动的。尽管衔接不需要非常精确，但在保持运动这一点上至少应该是一致的。我的剧本中写到，有一个时刻，演员雅克·多尼奥尔-瓦尔克罗兹应该穿越整栋房子，但接下来人们便立刻看到他坐在他的书桌旁。我想在他爬楼梯的时候剪辑，就剪在一只脚抬在空中时，而人们在下一刻看到他坐着一动也不动。西尔薇特·波德罗对我说：“不。这不可能。您知道，人们必须在接下来的镜头中看到这只脚重新落好，用一个变化的角度，使这一切看起来不那么突兀，其实不过取消了几幅画面。”确实，假如要做一个真正精确的衔接，得动用两架摄像机同时拍摄，人们会说画面有点儿太多了些，给人一种距离感。这就必须去掉两三幅画面。不过我向她保证，我是想做一些不一样的东西出来，而她问我为什么要这样。我这么回答她：“我自己也完全不知道为什么要这样做，我这样做是因为这就是我所看到的画面。这是我的电影。”这样的事简直没完没了，事实上，每拍一个镜头都必须说服场记、摄影师和所有那些正直的人，说明这样做是可行的。别无他法，我最终与演员达成一种协议，就是说，我告诉他：“你先把脚落下来放好，然后你坐下。你不要再动，而我在剪辑时会把前面全部剪掉。”这样的结果就是，人们再看到的他是静止且僵硬的，已经停止了所有的动作，甚至服装的抖动，而在上一个镜头离开他时，他却正在走路。我并没设想这会产生什么效果，而它确实非常抓人。这位我无法把自己的观点灌输给她的年轻女子对我说：“这简直就像有两个演员，好像雅克·多尼奥尔-瓦尔克罗兹一分为二了，人们看到他正在走向已经坐下的他自己。”我觉得这一效果不可思议！

这些在电影中是可以实现的，哪怕仪器或机器没有发挥多大作用，效果依然十分惊人。这要是在文学中是不可能的。那是另一种语言，来自另一种标准，由此便产生另一种偏差。尽管我一直怀着相当的信心制作《不朽的女人》，心想它总归还是与我原来的想法多少有点儿相近的，但我却因拍摄中的种种困难被抛弃了。我想，这是我所有电影中最不喜爱的一部了，因为，我能从每一个镜头中看出它原本应有的样子，可人们从银幕上实际看到的却完全不是那么回事。然而电影却获得了路易·德吕克奖。也就是说，作为一名导演所能获得的最高奖项，可当它在不久之后上映时，却被批评界全体围攻。结果，我在这一刻才总算摇身一变成了一位真正的小说家，大约是因为他们无论如何都不认可我是一位电影人吧！《不朽的女人》确实带有一种笨拙的魅力，可这与我原本想要找寻的那种魅力显然不大一样。

我的电影中有两部在公开上映时反响并不好，《不朽的女人》算一部，还有隔了两部之后的《撒谎的男人》。但后面这一部作为电影来讲却非常成功，而《不朽的女人》所显示的那种笨拙，看来已经对相当多的观众构成了一种特殊魅力，一直持续至今。另一方面，《不朽的女人》也向我显示出拍摄上的某种不自然。那就是所有东西全写得事无巨细，而我还紧紧抓住这一点不放。总之，一开始，我对这一点还自信满满。有一天，当时我正在拍摄一个场景，我们已经喊了“开拍”，演员们开始表演，这时，突然走过来一只猫。我看了看我的文本，发现里面并没有写猫的事，于是我喊道：“停拍。”之后，我反思过，有一只猫在场的情况很可能会相当不错。在我最近的一部电影《致疯的喧嚣》中，一只游荡的猫不请自来地进入我们的拍摄场景。我们当时在一座希腊小岛上，伊兹拉岛，那里有很多猫。在一个长镜头中，人们看到美国演员弗雷德·沃德正沿着一条相当复杂的路线在行走，这时我注意到现场有一只黑猫对这位男演员相当好奇，于是就跟着他，然后又突然看到了其他什么东西。它的表演好得令人难以置信。我保留了这个场景，因为从《不朽的女人》到这部电影之间，我已经做出显著改变：对电影，我已经写得越来越少，为了在拍摄时留有一定的自由度，以利用随时发生的情况。

在《不朽的女人》中，我最喜欢的电影镜头之一是唯一不在预料之中的镜头。这部电影是被土耳其官方认可的，在土耳其警察的保护下拍摄，这让我得以清空一个一个的广场和整条整条的街道，以获得一个空荡荡的伊斯坦布尔。我让人清空了整个法提赫清真寺大广场。要知道，清空一座清真寺的广场，这可不是所有人都能有的权力，不过土耳其警察相当专横。于是广场就变得空旷无人了，我们搭起一座升得很高的移动平台，在上面布好摄影机准备拍摄一个高幅度的俯拍镜头。多尼奥尔-瓦尔克罗兹需要在空旷的空间中完成一段斜插的对角线。这是在他早先遇到的女人失踪之后发生的事。当时，演员还没开始表演，一个警官跑过来找我并对我说："你们现在不能拍摄，因为一个高级军官的送葬队伍就要经过，而我根本没有权力阻止那口棺材穿过这个广场。"于是，我们只好留在我们高高的移动平台上，和摄影机一起等待。这是一口木雕的棺材，由六名穿着统一制服的军人抬着，而他们经过广场的路线正是我们所设想的那一条，半点儿都不差。我于是喊道："开拍!"我们就开始拍摄了。这个镜头并没能拍得很长，这是因为摄影师，永远是他，他因为场景没有被照亮而停拍，大太阳底下还要打什么光啊！这真是一个患了照明病的人。不过最终，这个镜头还是被留下了一些，我们把它用在了电影中。因为这个突如其来的镜头完全抓住了显而易见的含义，当时男主人公正想着那个年轻女人死了，结果军官的棺材就立刻经过了。我们没有加一丁点儿音响声音，因为想要营造一种幽灵棺木经过现场的效果。

自从有过这样一次经验，我就对自己说，电影并不是只通过一次制作便完成的。电影并不仅仅是在写作阶段就创作成的，而是有很多的阶段。与小说相比，电影是分三次才完成的。首先是写作的时刻，这时候，总是被迫将它纳入某个衡量好的体系中，以便预设布景，安排演员在有他们戏份的日子到场，确保要使用的小道具务必出现在拍摄台上。于是我们不得不坚持多少写上一些，不过从我个人来说，我是写得越来越少，以便能随时利用突然闯入场景的那些猫和棺材。我非常享受第二阶段，因为拍摄是一个创造性的时段。这已不再是一个需要与技术人员斗智斗勇并试图说服他们按照某种想法来行动的时刻了，而是一个选择要不要照自己写的剧本拍摄的时段。拍摄时，尽可以与剧本对立：剧本是这样一个写法，拍摄的却是另外一个样，或干脆拍摄一些不同的版本。像所有电影人一样，同一个镜头我经常会反复拍上好几条，不过那并不是简单的重复，而是一些变体，它们会用在电影的不同部分。还有十分激动人心的第三阶段制作，那就是剪辑阶段。只要为一部可能的电影拍好含有种种元素的全套镜头，我就能用这些相同的材料拼剪出两部电影。此外，我有的是时间，假如说拍摄的费用很昂贵的话，那么剪辑本身却只花费极少的财力物力，毕竟，它只需要一个剪辑师、一个助理和我本人就足够了。在这一时刻，我们能够重新争论已经拍摄好的东西，这也是对已经写好的内容提出质疑。这样一来，就有不断颠覆之前状态的可能性，这与好莱坞式电影正好相反，好莱坞影片从一开始起就已经存在了。希区柯克甚至能够不去电影现场便能拍摄。他的一部电影曾在西西里开拍，而当时他人却在美国的加利福尼亚，只不过，他已经预控了一切，绘制一个电影故事板，所有的镜头都画在上面。考虑到两地间的时差，他每天晚上都会打电话询问拍摄的进度情况。胶片拍好以后，他也不用去剪辑，因为剪辑就是按照拍摄复制的，而拍摄则是按照电影故事板复制的。我并不是说这样做完全不可行，相当数量的大电影都是这样制作出来的，但这却是另一种方法。

对我来说，正是这三个创造性的阶段赋予了电影不同于小说的特殊性质。还会有其他什么能造成这种不同吗？我清楚地知道，我还不是一个拍电影的小说家。我会说，像埃里克·侯麦或弗朗索瓦·特吕弗，他们这样的人才是拍电影的小说家，而对我来说则正相反，电影是由种种电影化元素构成的，从依据素材的永恒创造中流淌出来。

我还没有提到，在这些素材中，原声带对我来说是一个极其重要的元素。在《去年在马里昂巴德》中，雷乃唯一更改的东西，就是我预想的原声带。他坚持要用一位音乐师，因为此人是德尔菲娜·塞里格的兄弟，于是电影就有了这种音乐。我根本就没有这样预想过，此外，雷乃比我还更喜爱迎合大众。我设想得很好，我原先设计的原声带会激怒人们，并使他们迅速离开电影厅。然而电影中管风琴演奏的伪十二音体系的乐曲却营造了一种教堂的氛围，观众十分喜欢。这不是一种很有意思的音乐，不过却令人愉快。从我这方面，我原本设想的是用嘈杂声做音乐，当时被称作具体音乐。人们在那些老旧过时的旅馆中听到的，例如仆人走在过道里的脚步声，电梯的金属门在伸缩轨中滑动所发出的非凡声响，很可能非常美妙。原本会是在一片寂静中声音的蒙太奇，总之是完全不一样的东西。我并不是说雷乃错了，毕竟他拍出的电影堪称辉煌，我只是说其中有一种本质上的修改。

从《不朽的女人》开始，我与一位叫米歇尔·法诺的录音师一起共事，他同时也是一位配乐设计师。他是制片人之一雅克·法诺的兄弟。之后，我的每一部电影都与他合作，直到《漂亮的女俘》，在这部电影中，我有一些别的打算，与他正在做的工作不一样。在《不朽的女人》中仍然有一些音乐，因为法诺本人是一位专业音乐家，他对只制作具体音效是很担心的。然而在《不朽的女人》的原声带中，最美丽的时刻还是属于那些没有配乐的桥段，或者说，没有那些土耳其音乐的段落，而那些土耳其音乐，或是用来烘托气氛，或是用来配合叙事。

在《不朽的女人》中还有部分配乐由乔治·德勒吕所作，他是一位非常出色的音乐家，也是我的一位好友。这已经是合奏原声带的雏形，无论台词、音效还是音乐都不可分割，缺一不可。是米歇尔·法诺依据画面作的合奏曲，因为他通常在拍摄完成后才开始工作。在那几天里，他一有空闲便到拍摄地去录制各种他觉得有用的声音。他最成功的作品之一是在《撒谎的男人》中的表现，这是在《欧洲特快列车》之后拍摄的电影。

《撒谎的男人》在斯洛伐克拍摄，法诺陪我们同去。他注意到一些有趣的声音，其实与当时我们正在拍摄的镜头并没有必然的联系，不过他已经看到了他将怎样利用所有这些声响，以便组合出一种“音乐”来（作为一个音乐家，他在创作合奏曲之后从音乐家协会取得专利费方面有一些困难，因为那并不完全是他谱写的音乐，于是他随后被迫重新撰写了乐谱）。在《欧洲特快列车》中，他在具体音效上走得太远，我要说甚至是走得过远了，因为他所制作的东西并不总是能被人察觉出来。《欧洲特快列车》的原声带完全是令人赞叹的，其中刻意用上了威尔第的歌剧 *La Traviata*，不过是被分成几段使用。有时也会有一个相当长的段落，能被辨认出来，有时也会用一系列和弦或一个单独的和弦。法诺做得简直太妙了。为什么是 *La Traviata* 呢？这是一个玩笑。“Traviata”这个词是意大利语，并没有被译为法文。然而，我们说到威尔第的《游吟诗人》时，我们会用它的法译名 *Le Trouvère*，而不用它的意大利语原名 *Il Trovatore*。所以，法国人并不知道“traviata”一词有“误入歧途者”的意思：“tra via”是指不在正道上的人。显然，这一点让我玩味得很是开心，既然电影叫作《欧洲特快列车》，就像它的片名所指出的那样，这便是一个铁路的故事，所以火车和铁轨扮演着至关重要的角色。威尔第的这段音乐，有时短暂出现，依托一种米歇尔·法诺制作的明显的背景音的形式，然而却细微到叫人听不出来。比如说，有一个时刻火车里有一些空调发出的声音的交响变奏。在那种欧洲快车上，能听到空调出风的声响，在经过小心录制之后，把这种吹气的声音用电子仪器加工，就能很好地制作出即便不是音符，至少也颇为复杂的声音，并由一个主音发展出各种各样的和声。这种用空调噪声制作的交响变奏，我仅听到过一次，那还是在一个录音棚里，从来没在电影放映厅里听到过。这是一些太过精巧的东西。

无论如何，我要强调的是，在电影中，观众听到的很少，或者不如说，引用一位录音师的话，他们看到的很少，而且根本就什么也没听见。所有人都有过这样的经验：在电影中，只有当一个声音隶属于一幅画面时，人们才会注意到它，必须先看到才能听到，除非冒着造成误解的风险做出一些突然爆发的音响效果。

25. 安东尼奥尼和布努埃尔

我本来想多讲讲原声带在一部电影中颇具矛盾的重要性。法诺在《欲念浮动》的原声带上达到了完美的程度，我将很快指出在这一类创作中无法超越的局限性。

在我的那些电影中，人们能看到很多玻璃杯破裂的镜头。有关玻璃物体被打碎的主题已经展现在《去年在马里昂巴德》中，在《不朽的女人》中，以及在我所有其他的电影中。银幕上展现的这一场景十分美丽，依靠巧妙的照明可以让这种闪闪发光的效果变得壮观无比，更别说还会产生一种有趣的声音。这一声音不仅会很美妙，而且有机会被再加工为变奏。在《欲念浮动》中，观众会看到一个玻璃器皿，可以被理解为圣杯的角色，这个器皿盛着一种神圣的液体，众所周知，代表耶稣的血。女主人公将它掷出，这一物品猛地破碎，而人们听到这一声响，是录制的声音做了某种变形。这是一种声响，就是说其中包含了一系列高低不同的音符，与乐声有所区别。我们把这些音效输入合成器，然后以某种方式过滤出一些特定的音符。很久以前，我们做的第一次试验让很多人大吃一惊：人们看到一面法国国旗的特写镜头，它在风中猎猎作响。这个咔啦啦的声音就是一种声响，而不是一种乐声，并且经过了合成器处理，所以人们看到的画面，是一面法国国旗在奏响《马赛曲》。这是一次展示的试验，所以听得很清楚。与此相反，在《欲念浮动》中，人们听到玻璃杯破裂的声音，但极少有人注意到这是歌剧

《帕西法尔》中的圣杯主题，声音借用了瓦格纳这出歌剧最开头的著名和弦。在声音不被放映机破坏的情况下，是可以被感觉到的，但听到的人极少，难以达到效果。

在同一部电影的另一时刻，女律师询问她的当事人，后者是一名被指控犯有谋杀罪的少女。二者之间有一番对话，发生在一间封闭的小单间中，相当抽象的立方体，又是一种生殖细胞的面貌，不过这一次是白色的，房间的墙上有一个能看得清清楚楚的气窗，气窗朝向外面，上面安了栏杆。透过这个气窗，人们听到一些声音，音量大到有时甚至妨碍理解二人之间的对话。我知道这些声音代表着什么，但是观众，他们却难以知晓它们的含义。这是在监狱的一个院子中搭建断头台的声音，那是克劳德·勒鲁什为他的一部电影所录制的。当死刑还没有在法国被废除时，每一次行刑前都要立起断头台。这是一种木制的美丽物件，笨重又巨大，所有部件都可以拆卸下来，这样它就不必永久竖立在院子里。与法国大革命时期相反，在第三、第四共和国时期，人们几乎很少用到它。这种声音和画面之间又有什么联系呢？小姑娘嘲笑着女律师，后者向她解释被指控谋杀处境会很艰难，就在那一幕中，阿妮赛·阿尔维娜用幼稚的口吻说："我敢说人们无论如何都不会砍小姑娘的头。"这时候，立刻，原声带进入到画面之中，但几乎没有人能感觉到。更精彩的是，工地上的一个木匠甚至还一边干活一边吹起了口哨。我们特地加入了这一点，勒鲁什的录音中没有口哨。他吹的是《特里斯坦与伊索尔德》的开篇曲，水手在船头上唱的歌，而航船正把伊索尔德带回去见马克国王。这一幕倒是被注意到了。一天，当《欲念浮动》在洛桑音响效果不太完美的老电影资料馆放映结束后，有一位女观众过来看我并对我说："说真的，这个放映厅的条件简直太糟糕了！在剧情的中间部分，我竟然听到放映员在吹口哨！"她发现有人吹口哨，她甚至也知道《特里斯坦与伊索尔德》的开篇曲，不过由于这看上去与电影场景毫无关联，结果她判断为一种影片之外的杂音。

必须当心电影中的偏差，因为当一个原声带与画面不吻合时，你得明白许多观众会认为这一部分不属于影片要传达的信息，而是传输渠道受了干扰，像信息处理人员说的那样。比如，在特吕弗的一部电影中，银幕变得漆黑一团，足足持续了二十秒钟，观众就抗议并叫喊着："开灯！"因为在一部特吕弗的电影中，黑暗显然不该持续这么长时间。还有，在玛格丽特·杜拉斯的一部电影中，人们看着一个漆黑的镜头足有三分钟，观众无法理解这也是信息的一部分。他们只是认为放映机出了问题，就这么简单。任何与标准之间的偏差（在这里，是西尔薇特·波德罗获胜了！）都会被解读成一种在信息传输过程中的干扰，因为传输渠道出了毛病。文学作品中就不会出现这样的情况：当人们读一本书，并看到一个偏差时，人们知道这种偏差是有意为之。相反，我想起人们在纽约的乔纳斯·梅卡斯电影资料馆放映玛格丽特·杜拉斯的《卡车》时的情形。这座电影资料馆位于二号街和第二大道的夹角处，后者由于卡车不停经过特别吵闹，人们能在大厅里听到这种声音。在放映过程中，人们永远也不可能知道这些声响到底是来自原声带，还是来自第二大道！

我所喜爱的电影人都对所谓的标准采取了一种相当自由的态度。尤其是其中的两位——安东尼奥尼和布努埃尔，对我来说，他们是二十世纪末最伟大的电影人。我非常熟悉安东尼奥尼，我甚至为他写过一个角色。不是为他写一部电影，因为他需要传统意义上的编剧，不过我还是能为他写一个角色的。当时他已患有偏瘫，右半侧身子不能动，而且再也不能开口讲话了。现如今他的健康状况当真非常糟糕，不过在那个时期，他的情况还是不错的，只是说不出话来，另外，右手和右腿还有半边脸是瘫痪的。我在一部叫作《要塞》的电影中为他写了一个主要人物的角色。详细的剧本已全部写出，一切进行顺利，而安东尼奥尼明显表现出很欣喜。鉴于他别扭的侧脸，就是瘫痪的那一边，已经令我感到尴尬，这就有可能在拍摄过程中造成一些困难。他的脑袋非同寻常，好似一尊大理石的罗马皇帝雕像，脸形不对称。我对他说："听着，你不要因为这个让我们感到不快，你对莫妮卡·维蒂抱怨得足够多了，她都觉得她除了有一个漂亮的侧脸别无其他！"当演员觉得自己有一个漂亮的侧脸时，有时还真挺戏剧性的。简言之，总体说来，大家合作得很好。不过这部电影却没能拍摄，保险公司拒绝让他作为演员来承保，因为故事的成败完全取决于这个角色。他可以得到针对任何其他情况的保险，比如一次肺炎、一次阑尾炎，但就是不能针对一次失足摔倒，因为由偏瘫引发的所有问题都不在承保范围内。于是，这部电影只好作罢，尽管制片人还是与安东尼奥尼合作拍摄了另一部电影，不过他却是作为导演参与的。因为，在那种情况下，他就可以获得保险，因为人们能在电影拍摄过程中更换导演。那一次，是维姆·文德斯作为替补导演参与了一部分拍摄工作。

安东尼奥尼的电影因其与沉默的关系每时每刻都有一种奇异的效果。这是一种建立在静止与沉默之上的电影。显而易见的事实是，安东尼奥尼本人，即便在他出意外之前，也是相当沉默寡言的。他就好像是一个拥有巨大的能量与暴力的男子，领导着这些演员，他几乎不对他们说话，而是只由他的在场来领导，这看起来就已经相当富有冲击力了。我想起，当克里斯蒂娜·布瓦松在《一个女人身份的证明》中饰演两位女角中的一位时，她曾经相当失望。是我把她介绍给安东尼奥尼的，他们配合得很好，但她说，在拍摄过程中，他对她什么话也不讲。我回答她说："别这样，他只是不依靠话语来引导你罢了。"他非常擅长引导，而且，即便瘫痪和失声，他还是能在一个很大的范围引导演员。这可能会使演员感觉失望，但安东尼奥尼是一位能指导演员的卓越导演。他不对他们讲话，即便在他出意外以前也不怎么讲，这一事实将他与寂静的关系彻底物化，并在银幕上被感受到。

《波河上的人》之后，我看的他的第一部电影就是《奇遇》，后者在戛纳当真引起了轩然大波，他被喝倒彩，莫妮卡·维蒂在放映后还哭了。真是相当戏剧化。这部电影很是非凡，它的结构真的是围绕沉默展开的：一些沉默的画面，就是说在叙事中有很多空隙，因为它们的出人意料而引人注目。

在《奇遇》中，一位男子和年轻的妻子住在帕纳雷阿岛上，后者突然失踪了。人们猜想她溺死了，但找不到她的尸体，很可能被带到远方那喧嚣的海水中去了。还是这一位男子，很快结识了另一位年轻女子，他立即和她一起围绕着邻近的大岛西西里旅行。在这部电影的拍摄中，摄影镜头的位置几乎处处留下痕迹。在电影界，规定了不应强调拍摄视角的做法，即摄影机应该是中立的，一般来说是一个男子的身高，并与对象相隔一段方便若干物体通过的距离，这样人们就不会注意到摄影机的存在。但是与此不同的是，在这部电影中，每一次摄影机拍摄这对新情侣时，在西西里的海滨公路上，在他们的折篷汽车里，总是位于一个令人察觉的位置，即留下痕迹的位置。比如，有一个时刻人们看到，这辆汽车停在向海滨大道延伸的一条长长的路的尽头，这个视角是如此的明显，以至于人们会说：有什么人正待在那里，就位于摄影机所在的位置，并且人们猜想那名消失的女子根本就没有死。她只是离开了，并且从男子出发的那一刻开始，就监视着他的一举一动。我问过安东尼奥尼，他是不是因为脑中有这一想法，才选择了这种留有明显痕迹的位置。他回答我："根本没有，因为在那一刻，我们已经拍摄完人们发现她尸体的场景了。"他确实拍摄了那个场景，只不过，在某种灵光一闪中又把它删除了。而人们始终没发现尸体这一事实，会对电影的整体产生影响，因为人们永远也不可能知道她是不是真的死去了。或许她正在那里守候，监视着那个男子。

安东尼奥尼拍摄后又删掉的重要场景，从某方面来说，是一种花费巨大却毫无意义的东西。最有趣的是，多年后，同一位制片人卡罗·庞蒂，遭遇了与安东尼奥尼几乎刚好相反的一次奇遇。当年卡罗·庞蒂曾帮助安东尼奥尼完成了电影《奇遇》：当时该影片的制片方不想再投钱了，因为安东尼奥尼是一位超支的电影人。让他来做，他总会额外多拍摄好几个星期时间。结果，帕纳雷阿岛上为他们提供住宿的餐厅主人决定，除非他们付清旅馆和餐馆的钱款，否则就不放他们离岛。制片人估算安东尼奥尼花费得过多了，而他必须不靠安东尼奥尼而靠自己来解决这件事。因为安东尼奥尼在帕纳雷阿岛上做的事令人难以置信，他原本选定了这个岛作为外景地，因为它的壮丽岩石，而当他到达岛上时，他发现他能找到的那些东西比原先设想的逊色，于是他就造了一些假的。我有一些摄影师拍摄的反打镜头照片，从中能看出那并非是真正的岩石，而是用木支架与灰泥做的岩石。安东尼奥尼就是这么一个开销巨大的电影人，总是在时间和金钱上不断超支。卡罗·庞蒂考虑到安东尼奥尼是一个天才，就付清了账单，影片制作顺利完成，而那部电影最终也获得了众所周知的成功。这是那个时期的大片中神话般的一部。然而，两部电影之后，卡罗·庞蒂投资《放大》，当预定的拍摄时间终了时，他打电话给米开朗琪罗，问他有没有结束，后者回答他说并没有，他还有一系列镜头要拍摄。庞蒂对他说：“你听着，你已经拍完了，是我对你这么说的，就是这么回事。”《放大》比《奇遇》花销更多，是在伦敦拍摄的，既有摄影棚又有自然外景。安东尼奥尼知道该如何应对制片人，就像所有超支的电影人那样，他预先留了一手，把并非不可或缺的场景放在一开始拍摄。这样一来，他不但能拥有这些镜头，同时人们还能放他去拍摄其余的。于是他骄傲无比地对庞蒂说：“不行啊，我还没有拍摄谋杀的那个场景呢。现在可不能终止拍摄，否则，人们将永远不可能明白，故事中死掉的那个人到底是死在哪儿，死在何时，以及为什么会死。”庞蒂答复他：“对我来说都一样。你是个天才，不是吗？你就用你已经拍好的那些部分，反正已经有几公里长的胶卷了，你就用这些来做一部电影吧。”结果这一回，可不是安东尼奥尼把那个缺失的场景拍好后又删除了，而是制片人根本不给他时间来拍摄。《放大》是一部辉煌的电影，人们不知道那场谋杀的真相如何，这样一个事实成了一种基本的空缺，支撑起了整部电影的构架。我们又说回了叙述上的漏洞会作为影片整体的架构。

布努埃尔，这个名字我在谈到我最喜爱的那些电影时屡屡提及，实际上我并不认识他本人。我见过他，但和他并不像一个朋友那样熟络。我对他的所有作品怀有深深的景仰。布努埃尔和安东尼奥尼一样，都是非常伟大的作者型导演，尽管他们也和一些编剧搭伴合作，比如让-克洛德·卡里埃尔之于布努埃尔，但他们永远是完全意义上的作者。

我要讲讲电影《朦胧的欲望》为什么是现在的样子，只是故事的一个版本，因为它原本就有两个版本：一个来自让-克洛德·卡里埃尔，一个来自布努埃尔。这部电影有一个特殊之处，同时也是叙述上的一次大型违规，那就是女一号的选取上，并非用了一位女演员，而是两位，而且她们在外形上完全不同。布努埃尔后来对这种方式做出了解释。这部电影写了出来，然而在女主演的个性选取上，制片人西尔伯曼与作者导演布努埃尔之间却出现了分歧。两人中的一位坚持要用卡萝尔·布盖，优雅的年轻女性，稍稍有一点儿冷淡，而另一位则想用一个形象完全相反的西班牙女演员，黑发棕肤的活泼姑娘，一对丰乳。这两名女演员彼此根本不相像，甚至嗓音也完全不同，有一天早上，布努埃尔对西尔伯曼说：“我找到解决办法了，我两个人都用。”西尔伯曼问他那是否要加一个角色，布努埃尔回答：“根本不用。我要她们两人扮演同一个角色。”而他就这么做了！这绝对的无与伦比，尤其是从在观众中产生的效果来看。人们能给出一个心理学上的解释，那就是声称女人总是善变的，这个人物尤其如此。这个角色是一个拥有多面生活的姑娘，其中的一面，她与一些多少有些放荡的小伙子出去玩，另一面，她则表现为上流社会的淑女。人们能想象其中的含义，总之一句话，是充满隐喻的。从叙述的角度来说，只有一个人物，但她拥有多重面貌。然而，这在表演上是行不通的，因为对比太过强烈，她们完全不同。一个嗓音粗俗且攻击性十足，另一个则特别优雅且腼腆，两者之间根本黏合不起来，而这正是迷人之处。这部电影显然不是写实主义的，偏差大得实在过分，然而却非常逼真。

我在北卡罗来纳的格林斯博罗[①]开电影课时，曾经播放过这部电影。我用了一整节课给学生们介绍布努埃尔，他们并不知道《朦胧的欲望》。这一课程原本只有二十几个学生听，但这是一部伟大的电影，于是我们借来了电影带，取代了脏兮兮的视频，我们在大学内一个大厅的宽银幕上播放这部影片，来了一百多人。事后我就影片主题私下问了差不多三十多个观众，其中只有一个观众发现电影中有两位女主演。即便如此，这一位还向我说，无论如何他算不上客观的证人，因为他以前看过卡萝尔·布盖出演的其他影片，这使得他能把她辨认出来。其他所有人都以为是同一位女演员扮演的主角，而她只不过是换了发型、服装，戴了胸罩显示傲人的胸脯，等等。这种自然主义的意识形态在观众身上是如此强烈，以至于他们没看到偏差，就这么简单。人们对颠覆视而不见，相信只有一个女演员，这一点太有趣了，甚至有了娱乐性。

---

① 在审阅过程中，阿兰·罗伯-格里耶怀疑更有可能是佛罗里达的盖恩斯维尔。